炸裂志

陈年喜 著

陕西新华出版
太白文艺出版社

图书在版编目（CIP）数据

炸裂志/ 陈年喜著. — 西安：太白文艺出版社，
2019.1(2023.10重印)
　　（我的诗篇：当代工人诗歌精选）
ISBN 978-7-5513-1565-4

Ⅰ. ①炸… Ⅱ. ①陈… Ⅲ. ①诗集－中国－当代
Ⅳ. ①I227

中国版本图书馆CIP数据核字(2018)第289354号

我的诗篇：当代工人诗歌精选

炸裂志
ZHALIE ZHI

作　　者　　陈年喜
策划编辑　　赵若菲
责任编辑　　曹　甜
封面设计　　王　洋
版式设计　　建明文化
出版发行　　太白文艺出版社
经　　销　　新华书店
印　　刷　　西安市建明工贸有限责任公司
开　　本　　889mm×1194mm　1/32
字　　数　　100千字
印　　张　　7.375
版　　次　　2019年1月第1版
印　　次　　2023年10月第16次印刷
书　　号　　ISBN 978-7-5513-1565-4
定　　价　　36.00元

序

/

以诗为证

秦晓宇

改革开放 40 年来，中国工人源源不绝地生产出满足我们生活所需的商品，亲手创造了"中国奇迹"，但在社会生活中，他们却日益被边缘化。这 3.5 亿人，就在我们身边忙碌着，却仿佛十分遥远。

很多人并不知道，中国工人在创造出巨大物质财富的过程中，也创作了数量惊人的诗篇，其中的佳作和许多知名诗人的作品相比毫不逊色，甚至更具有经验的深度、情感的厚度以及直指人心的力量。但这些诗歌就像它们的作者一样，长期隐于光亮之外。

2014 年，我和财经作家吴晓波、纪录片导演吴飞跃启动了"我的诗篇"综合计划，这项计划包括图书出版、电影创作、工人诗会、工人诗歌奖评选，以及一系列互联网活动。虽然有些复杂，却是基于一个单纯的愿望，那就是将工人诗歌给予我们的感动和启示传递给更多的人，把这份底层的诗意从边缘地带带到聚光灯下。

"我的诗篇"系列诗集的6位作者，分别是在大地深处工作了25年的煤矿工人老井、巷道爆破工陈年喜、建筑工人铁骨、14岁开始打工的服装厂女工邬霞、彝族充鸭绒工吉克阿优，还有已经离去的90后工人许立志。他们既是普通的工人，又是优秀的诗人。他们工种、工龄不同，他们以各自的语言风格书写劳动，吟咏工厂，抒发悲欣，直面生死。在我看来，他们的诗歌有多方面的价值。

老井们的写作具有文学价值。有些人反对给诗歌加上身份限定词，他们斥之为标签，对此我不以为然。诗歌史上，身份有时是重要的诗歌契机，诗人的特殊身份往往会为诗歌带来新的经验、题材、风格与活力，甚至催生新的诗歌类型，如戍边者的边塞诗、道士的游仙诗、僧人的禅诗或山水诗等。陶渊明正是在归耕乡野、身份蜕变之后，开创了伟大的田园诗传统。这类诗歌是古典农耕文明的象征，正如老井们的写作之于现代工业文明。然而老井们的文学成就被严重忽视了，20世纪80年代以来，几乎所有重要的诗歌选本中，工人诗歌都是缺席的，在当代文学史的主流叙述中，也难觅工人诗人的踪影。而我们要做的，就是让工人诗人从幽暗处现身，通过具体作品展示其不容小觑的文学力量。

老井们的写作还有启蒙与自我启蒙的意义。近代以来，文学一直是启蒙和人权事业的重要载体。18世纪小说的兴起就与资本主义的发展、中产阶级的形成、核心家庭的出现、性别关系的变化都有关联。在中国新诗史上，无论新诗产生在五四运动中，还是朦胧诗崛起于 20 世纪 70 年代末的新启蒙运动中，都曾起到重要的先锋作用。而当代工人诗歌同样是一场伟大的启蒙运动，尽管它并没有表现为一场运动的形态，而是静悄悄地发生在日常生活之中。和前两次"诗界革命"不同，它不是由少数文化精英或叛逆者发起的，普通打工者才是中坚力量，这更契合启蒙的真谛。这些打工者最初开始写诗，并非想成为诗人，而是生活中淤积了太多的苦闷和伤痛，想要抒发一下。随着写作的深入，他们开始反思所属群体的命运、处境，用诗歌伸张平等与尊严，追求更有担当与情怀的写作，从而生发出一种新的主体意识和政治意识。当这样的意识渐渐多起来，相互应和着，宛如孤独的独奏汇为宏大的交响乐，我们的社会将无可回避，必须认真聆听其中的诉求。

老井们的写作还有为底层立言的意义与历史证词的价值。"底层如何发声"的命题事关社会正义与历史真相。但这发声何其艰难！他们总是处于沉默的境地，仅仅在一些极端的时刻，才不得已用暴烈的形式表达其主体意志和情感。因此工人诗人的创作意义重大，他们哪怕仅仅描写了自己的日常生活，也是在为广大的命运同路人立言，为底层的生存做证。总的来说，我们的社会愈来愈重视底层的发声。媒体会去采访他们，学者会去做田野调查，做口述史的收集整理。诸如此类的发声当然很有价值，却是被动的、被编辑过的。不仅如此，这些发声大都是直白即兴的口语，这种大白话是一种毫无表达难度的表达，往往把物质世界和心灵深处那些勾连错综、难言之隐、莫可名状的东西省略了，于是精神世界的丰富性被大大简化。这样的发声有时未必不是一种遮蔽。而"我的诗篇"系列诗集的6位诗人自觉运用微妙的诗歌语言，去处理或深闳或纤细的记忆与经验、感受与愿景，无疑更具有现实揭示力、精神深度与思想启示价值。

本雅明纪念碑上有这样一句话："纪念无名者比纪念名人更困难，历史的建构是献给无名者的记忆。"老井们的诗歌，在我看来正是"献给无名者的记忆"。那些默默无闻的劳动者由此被记忆和纪念着，突破了匿名状态，成为有灵魂的个体。他们生活的痕迹与生命的细节跃然纸上，这是对历史的补充和校正，也是对人类未来的启示。

感谢太白文艺出版社，在当前的图书市场环境下出版"我的诗篇"系列诗集，这份情怀令人感动。同时也要感谢策划编辑和每一本诗集的责任编辑认真细致的工作。

目　录

芦花白了

白茫茫的芦花　　比丹江
还要盛大
这是另一条河流
江河万里　甘苦自知
都有　清清浊浊的沉浮

在秦岭南坡　芦花白了
雁南飞　枫点火
南山顶上霜露闪烁
秋阳的暖意薄如蝉翼
老井的陶罐　被山风打翻

羊群下山　它们是民间更白的芦花
小小的羊羔含苞待放
它们欢乐　奔跑
像谁铁环滚动的童年

一群远行的人　心上的尘埃
被秋风吹起吹落
那是　白茫茫的芦花啊
头上的天　蓝得
远离人间

秦岭有雪

有雪的秦岭
才是秦岭
才是众生的法堂

这奔腾的大石
声震于天　　形遁于地
在它劈开的悬崖上
烟火隐约
插翅的人　　把牢底坐穿

一条呼啸的江水
状如初乳　　野麻鸭逆谷而飞
它蜿蜒地向平原送去五谷
也送去人性里的猛虎

山高月白

秦岭有好月
约等于沙金半两

溪水里洗涤
采药人睡了
把锄刃留在了门外

皇帝遥远
一声犬吠里
大河东去

大雪

纷纷扬扬　一场大雪
让一条小路　在秦岭腹地
更加蜿蜒
模仿了时间和流水

采金人从矿洞出来
雪让他更加平静　黯然
雪是他的老相识了
他见过高原的雪
平原的雪
八百米深处的雪
一泻千里的雪
人心经年不化的雪
有几片雪就嵌在他的身体里
成为北斗七星

东去的汉江隆隆有声
它也是雪的一部分
跑得再快　最后
都要回归石头
流经之地　布下尺子和舍利

秦岭大音希声归于无形
一列火车被腹中人押解
跑得比北风更迅疾
采金人回到住处
推开草料场大雪封堵的门

吐鲁番的葡萄熟了

从鄯善到吐鲁番　葡萄连绵
那些埋头于八月的人　那些埋头于
庄稼和羊群的村庄
有葡萄的明亮

风是季节的引者
葵打哪里开　瓜从哪里甜
它自有分寸
而红柳　赋绘泉水之形

我惊异于一群鸽子
飞得那么低　那么缓慢
翅膀上带着光亮
从七克台到鲁克沁到高昌
多像葡萄飞翔的眼神

我想去探看一个女孩
她曾赠我维语和水
她十八岁　住在遥远的乡下
有葡萄的窗户和门

高昌

这黄土　我见过
这黄土夯筑的城堡　我见过

在风中　巨石无数
它们成粉　成沙　成尘
不舍昼夜　打磨奔跑的事物
时间深埋着乌骨

经卷赠予仁者
羌笛诉予情人
而坎儿井　流进焦渴者的心
向他心中巨大的河床致意

沙窟　是苍茫眺望的眼睛
望向一批又一批走远的人

过鄯善

在巨大的新疆
鄯善是小的
在滚烫的迪坎　一串葡萄
是清凉的

火焰山没有火
有战马高扬的鬃毛
历史深居
红柳和白骨在砾石间隐现

风吹黄沙　也吹清真的信仰
骆驼草见证生死
烽火台上　尘埃起落
英雄多像一地羊毛

再往西五百里
就是吐鲁番了
再往西八百里
就是迪化了
啊　迪化
羊皮和麻帛没有说出来的
你用乌鲁木齐说出

布达拉宫

我曾无数次抵达布达拉宫
在夜晚　借一片雪花起程

那么多的朝圣者
他们用肉身丈量尘世到天堂的路
我是其中一个　用白卷和青灯
每上一级台阶　就
死一次　复活一次

白雪覆盖的山巅　多么高
那是仓央嘉措
清白的光芒
修正安详和宁静

一片云轻轻地走了

——谨以此诗给流云

一个人轻轻地走了
如那年轻轻地来
这一天啊　南洛河上的云
亡命的白

走了　就是厌倦了这里
一个人带着安静独自远行
你说过的
人生的好时光
要留给另外的年景

多少年
你一直试图从巨大的黑里
打捞一片白
你不知道
你是白本身

放下了
放下病和苦
放下对大雪的追赶和赋形

放下肉体的黑夜与白昼
轻如尘埃的名姓
轻轻地
放到原来的地方
放回泥土之中

陕南大旱

一片叶子望穿另一片叶子
一棵树枯黄另一棵
大旱之年的平野更加辽阔

秋天哇的一声凉了
一片玉米秆站在深秋的原野上
像一群老人　在冷风中交出昔日的荣光
低垂的夕阳　加重了衰败的重量

在大寒之前　父亲要从山里挑回
足够的柴火
青藤束腰的柴捆一前一后　它们比父亲高大
仿佛押解着一位囚人赶赴他乡

父亲码好柴垛　用一袋烟
抚平眼前的旱景
有一瞬　我看见他摊开的
身体里一大片苍黄
比土地的景象
更加巨大　惊心

在秦岭南坡　高高低低的崖畔

有数不清的野牡丹
像大风扑不灭的云朵　独自开落
那是最后的烟火

有谁读过我的诗歌

有谁读过我的诗歌
有谁听见我的饿

人间是一片雪地
我们是其中的落雀
它的白　使我们黑
它的浩盛　使我们落寞

有谁读过我的诗歌
有谁看见一个黄昏　领着一群
奔命的人
在兰州
候车

在岢岚 宋长城下（三首）

王家岔 宋长城

比长城更坚韧的 不是金戈
是清白民风
在岢岚 千年的狼烟都归了土
化作管涔山上安静的松柏和炊火

堞楼完在 民窑烧造的城砖棱角分明
像一个又一个朝代 雨打不散
骨殖和魂魄深嵌其中
年年 有蟋蟀与松涛沿灰隙载欣载悲

山岭下劳动的人 心身平定
他们的祖辈来自三江四土
战争让家业走开
祖先只好把一段长城留下来
做子孙的灵台

现在是十月 大雁南飞
它们身体蓄满了北国的朔风 显得矫健
季节让山河如墨
也让一位清贫的过路人
一身白银

管涔山

管涔山下　秋天浩大
云杉和红桦是其中的帝王
云的高　草的低　风的沉重
没有什么可以描述

天光如泻　天光
洗涤时间和嘶喊
唯有天光　能够把骨头和金戈分开
管涔山下　风尘漫漫无边
把时间深处的玄铁一再打磨

一个人　哑了多年
这些年他走过千山万水
敲过无数的门
一坡如血的野花　让他的骨骼
呀了一声

荷叶坪

翻遍了这里的山水
也没发现一片荷叶
唯见传说中的军马场

宛若一方莲池
掀起百里风烟

一定有一位征人
带着水乡的叮咛
来到了这里　来了
就再也没有离开
在骨肉托与山阿时
向万里乡关打开了荷叶形的嘱托

没有人真正懂得历史
唯有时光收藏着它的秘密
管涔山上　风涛如怒
无名野花在秋天尽头次第绽开
没有谁知道它们为什么
色分五彩　正好对应了
歌乐　祭礼　稼穑　战争和生死

秋天为什么如此辽阔（三首）

秋天为什么如此辽阔

我到来的时候
你已经离开了三百年
草原尽头的落日
又一次铺开金色大道
一直铺到 1699 年深秋

那一天早晨
汇宗寺上空大雪纷飞
你趁着寒冷去会心仪的人
美好的姑娘远在天边
你把脚印留在雪上
告诉世人此行的消息

在寺门的廊阶上
我整整坐了一个下午
我一直在等钟声的下一声
阿拉善的秋天多么辽阔啊
一片云替一首诗白成了生死
一匹马替一坡草向深秋奔去

黄楼寺

这安静的寺门里
住着一首诗　每天黄昏临近
会发出铜质的声音
它们落梁为鸽　传远
成为苍云的一部分

远处的山坡上
牛羊从山腰跑向山顶
这些神的孩子　诗歌的孩子
它们回过头看我的眼神
那么笔直　像一只手
递过来遥远的往生

起风了
漠野空旷　这里只有季节打扰
今天是秋分　沙獭退回沙地
对叶菊两鬓插花　它要像一个人
从黄昏的布达拉
唱到那月亮升起的东山顶

明月当空

看到阿拉善上空的月亮时
没有什么不是干净的
而人世　包括生死
都是闲事

这照耀过黑城漫天烽烟的明月
今晚　没有遗忘一株蒿草
从来都是这样　包括羊羔细小的哀啼
北风吹过大野　岁月因为足够的拂照
清白如一地羊毛

我是追逐一个人来到这里的
今晚　我突然明白
如果没有苦难的修补和加持
追逐　就是离去
像现在　我与一株沙柳
因为一轮明月　都开出了
秋天的白花

夜宿小镇

我喜欢这南方小镇
隔江的荻花　白得无以形容
夕阳铺在江面　白鹭无形
两岸清白人烟
正好配这缓慢的流水

在黄昏下的凉椅上
老人们谈起早年对岸山上的烽火
烽火连三月也连着骨肉　好在疼痛
正被岁月的安静轻手抹去
年轻人无暇谈论历史
他们只忙着创造下一个历史

我有西北五省的沉重
一碗加肉的米粉卸下了它们
远来的商贩当街卸下山梨和苹果
他们要在这里通宵达旦交易
生活总是这样：
夜晚卸下白昼　新梦卸下旧梦

旅店的主人是一对母女
她们来自乡下　刚刚装修好新买的房子

我是第一个客人　也是今晚唯一的客人
好看的女孩打来洗脸水时又试了试水温
月亮升起来了　透过窗口正好照见了这些
照见一对久别的父女

冬至日 在商州（组诗）

日久无雪

日久无雪
麦苗在北风中蒙垢
我回到这座数易其名的小城
丹江未老　正引领一波新时光
进入晚景

大云寺　东龙塔
被腰斩多年的龟山
元和十四年　贬谪的韩愈
赴潮州途中　被一场大雪拦阻
迎客的红灯笼　又在马行处亮起

名利风云道　江水日夜流
2013年孟春　我和
另一位书生乘车南下
金凤山桃花初开
我们被各自的大雪
铺在了临江路

金凤山

从临江公园到金凤山
有一个下午的距离
上山的小径枯萎着苦蒿
坡上的桃花要到春天才开
它在等待寺钟的消息

回头看　能看到
312 国道上车水马龙
我总是在想　这世界
有没有最后的停靠
远处的瓦檐　近处的楼宇
哪一个更经得长久的托付

山门外的鹅掌楸繁叶尽落
它伸向落日的虬枝让黄昏安宁
大云寺建于何岁　已经无考
我想　它的意义在于空静
烦苦与飞鸟得以停留

一口无人管顾的水井
水面有不朽的影子和渐腐的落叶
暮色从山顶渐渐下落
先划过屋顶　尔后慢慢掩饰住
关山不堪的新痕

过西祠胡同忽闻板弦

桐板为腔　马尾做弦
让喑哑之物开口的人已经很少了
在西祠胡同忽然听到板弦声
一把扫帚将风尘扫过门洞

人间的事物
每一种消失都是静悄的
又那样不可抗拒
一把气若游丝的板弦　在昏黄的
胡同深处诉说生死的情由
无论往事有多少秘密　都要
被风吹雨打去

"万事休回首，停桡即故乡"
因为回首总是耽误了停桡
我们已没有故乡
我们从处处出发　又回到处处
最后　是没有亲人的世界

西祠胡同　只有
从秦岭吹来的风是旧的
只有板弦的余音是不绝如缕的
像一个人最后的注视
落在时间灰白的虚空里

夜村人释无业

我来看你　你已经走了
我来闻道　道已经不在了
在北新街　你习经之地如今高楼入云
东龙山吹来的风宁肯停息
也不告诉我时间发生过什么

我听说　贞元元年
你只身去往上当
一位带兵的将军极尽恩幸
你舍而往抱腹山　一隐八年
时人知道你研习经藏
没有人知道你在躲避"不安"

长庆三年　无雪的冬季
你圆寂于开元寺练苦庭
封国师　敕谥大达禅师
后事中　身下空无一物
唯有母亲李氏一枚枯黄的发簪

人间充满了传说
不过有一点倒是真的
布道和写诗都非正途
道者无业诗人亡命
一直不是什么秘密

安东·契诃夫　我要告诉你

我要告诉你　安东·契诃夫
就在今天早晨　在拥挤不堪的旧车站
在一堆行李中间　一个女人
她深深地哭泣

没有人知道缘由
也没有人试图劝慰
她哭了很长时间　后来
自己抹干了眼泪　拿起了一本书
淡黄的封面　它叫《凡卡》

北风吹彻的商州多么旷大
312 国道和丹江没有尽头
四皓墓在四皓山上失修
商鞅的传说流成一味春药

她还年轻　身世不详
她读完了最后一页
收起书　去往新华南路
那里通往蓝关　远远地可以望见
山顶的白杉

梓潼记（组诗）

在许州镇

许州镇位于潼江上游
与剑阁相邻　只因剑阁名头太大
它一直籍籍无名　其实
许州并不年轻了　我到达的那个黄昏
一道夕阳　正好从一只凤橘的裂口上
照见了它深陷的年轮

从前　有人从七曲山上砍来山竹
在潼江边借江水之韵做出长笛
笛吹生死　后来吹出阳戏
在血可漂橹的日月　它吹下梦境里的白雪
把生死几度漂洗　如今
在108国道一隅　依然有人做着
这种吹尽一生的生意

许州镇正在成为一个繁华之所
庆幸的是它保留了山川的心性
借蜀道的险　它保持着
不是谁都可以抵达的难度
在许州大街小巷的上空　杜鹃鸟泣下

真实的血滴　潼江水敞开一目了然的心性
接住一群男女白卵石的身体

和一位老人谈起邓艾

在白云镇　一大片稻田边
花白胡子的老人和我在田埂上坐下来
他随口和我谈起了那场战争　像谈起
一株稗草一样谈起了邓艾

他翻山越岭的方言
像一位诚实又称职的向导
穿越到公元 263 年　把邓艾引到了这个平常的下午
农家出身的将军正值盛年
他善于察纳　山川河流坚塞要冲的眼睛
依旧熊熊着战争的烽火　在望向
某处稻田时突然又归于平静

我突然知道　战争为命的人
不过是以战争的方式解甲归田
谁能逃脱最终的归属　哪怕你走到天边
《三国》是一本好书　三国归晋
历史并不吊诡　吊诡的是纸上历史
从来是一部无稽之谈

老人自言邓氏后人

年少也曾入仕　1958 年辞官归里

那一天他与我谈了许多

对于八十年的风云际会记忆犹新

那个口齿结巴的义阳人邓士载

他奇兵出阴平的冒死长奔　与眼前的这位农夫

半个世纪的沉默有何不同？

片粉

大成国未成之年

已经有了片粉

待梁益二州设立　片粉

除了司马昭之心

比路人更明白晋朝的肠胃

端起一碟片粉

创造出它的女人是伟大的

人间炊烟为什么从不衰落

它比狼烟指认过更多

西天落日

2017 年 5 月的一个黄昏

一道残阳铺涪江　这一天
世界离开了许多人　从一碟碧绿的
片粉出发　我走向那些沉默者
以夕阳的缓慢和平静

最是花影难扫

木槿

我爱木槿
我爱它的广生
现在是七月　因为流火
铁桥下的长江更加紧急
而一树木槿端正　鲜丽

那年在湖北北部
在一座矿山　一场十月的秋雨中
我看见过木槿　它也是这样
二十七年了　它一直是这样
而孝感与攀枝花多么不同

我认识一位女人
有一年在北京　又一年在汉口
还有一次相遇在兰州黄河滩涂
仿佛这个世界她无处不在
仿佛她为奔波和停下而生

我看见过她
扫过街道　有时会捧起一部线装书

有一次在一棵老槐树下
她饱满的乳头填进婴儿的啼哭
一直那样　　端正　　鲜丽
一直都是那样

攀枝花

攀枝花为什么一直开在江岸
我问过长江的流水
长江在这里回肠九曲
它一定也有过相同的疑惑
年年没有答案
年年　　把花瓣戴在头上
向下游而去

我来的时候
花已经开过　　只有
一排高大的树冠托举着云彩
成为我南行的又一个驿站
夹带了四十七年的加急文书
今夜　　我想偷偷打开

一座城因一种花而得名
正如一个人因另一个人而永生

这又名木棉的花朵

保留了木和棉的属性

使江边浣衣的人　随波逐流的人

以及追赶钢铁的人

身怀相同的温度

在一间临江的房子里

我久久无眠　今夜

我想起一个人

她名字里也有一个棉字

我想起我曾看望过她

在她走了多年之后

凤凰树

我见过高大的乔木

在上海　浓荫如盖的梧桐树下

我有过久久的无寐　在这里

一株凤凰树下

我沉沉睡去

醒来时　夕阳西下

这一生　我们错怪了流水

江头与江尾不过是

落日到日落的距离
不过是一朵凤凰花到
另一朵凤凰花

我知道　此树并非此地独有
它也广生于湛江　汕头
地域广遥的非洲马达加斯加
在一团木纹里　我还是看见了它的来路
回龙洞　若水　梁州　宁州

我比百度早好多年知道
凤凰树的花和种子有毒
我在一把木琴里见到过凤凰
我看见过被它留下的人
有老有少　他们
快步走在月光前头

在黑河（三首）

公别拉河

公别拉河发端于哪里
在穿过 301 省道时
我突然找到了答案
黑河以东　小兴安岭苍山如墨
白云生处　那是江河的故乡

我有限的知识是
天下好吃的粮食　必得
好水的浇灌　如今我站在
这个两千年前名叫扶余的地方
第一次懂得了什么是水
它流过平原　像雪花
落入沉静的大海

现在是八月　别拉河
比秋风更加清澈　丰盈
它带着落叶和雪意流向下游
我突然想到一生里
爱过的　恨过的　伤害过的人
他们曾以相同的形式流过我
我该向他们深深鞠躬致意

江对岸就是海兰泡

据说这是俄罗斯远东
第三大城市　此刻
我们遥遥相望　相隔只有七百五十米
这是呼与吸的距离
骨与血的距离

历史布满了血腥
血腥用什么能够擦去
当我端起一杯黑龙江水时
喉咙突然凝噎
唯流水无界　让两岸人民
世代相认　并保持对
一条大江共同的歉意

欧亚之门　这是我听到的
关于一座城市最动态的定义
仿佛开合之间　决定着事物的出进
世界无非是一个村庄　木槿和炊烟
编织着和平　当我抬头
北安市上空无边的暮云
正由肯通河起身
横渡精奇里江安详的黄昏

早晨　在孙吴县

雨过天晴
小兴安岭过于清朗
仿佛又近了一截

在小吃摊
安静的姑娘给我
端上一碗羊粉汤

为抚慰远客的劳顿
在出锅前　又加了卷心菜
哦　那碧绿也是安静的

在这个与一位古人同名的县城
一切是崭新的　因为一碗汤
它的历史　我又爱过一遍

雪

雪是小时候
每年冬天的伙伴
它带着我们上山
那些没被山雀啄尽的
柿子　棠梨　山楂
让我们欢呼

已经好多年没见到雪了
雪仿佛只属于童年
孩子们因为没有了童年
也就没有了雪
因为无雪　那些清白人家
变得一年比一年赤贫

五峰山上
一阵一阵的松涛
少了一场大雪的压埋传得更远
而松涛顶上升腾的薄暮
像一碗冻在雪夜里
放了糖精的冰水
依然干净

梅花

墙角数枝梅
临秋独自开
栽下梅树的人
已经离开多年

秋风劲处　春风
早已深藏枝头　世事总是这样
一场生死衔着另一场生死
像一口水井　因为一些人的离乡
一夜涌满泉水

记得那年去你家看你
我们都没有一件新衣服包裹青春
今天我穿一身整齐的西装
却只余空空的身体

1999 年

1999 年　风调雨顺
这一年冬天　我去秦岭打工
那一天漫天大雪　你送我到公路边
一路上谁也没说一句话
那一天是结婚两周年

路过城隍庙
通向山外的路因车辙而蜿蜒
我悄悄许下心愿：神啊
请保佑母子平安
保佑我挣下十袋桂花奶粉钱

在华山脚下　给车轮安装防滑链时
我看见屋内电视里神舟一号
绕地球十四圈后在内蒙古着陆
回头之际　一辆满载矿石的东风
哗地坠落山涧

今天　1999 年已经远去了
今天　这个艳阳之秋
我们又看见西山那片鹅掌楸
滴着 1999 年的寒露

那年在大云寺

2013 年　我因为耳病
在商州住院　有一天
独自一人去大云寺
我记得那是个早晨
一夜疾雨　繁花落尽

大云寺在金凤山上
整整一天　我沉迷于《五戒本生》
公元 627 年　正是初唐
太宗刚刚下制　有不当　立进谏
长安陌上无穷花
自由和诗歌都还未成人间深律

一千三百多年过去了
世事如梦　河山几碎
白云下的旧风物所剩无几
下山时　我看见檐下两株白菊开了
我突然想起父亲　也是南风和北风
搀扶着他最后的颤巍

双鱼铜镜

这面铜镜据说产自金代
它有着北方浓烈的质地
两尾鲤鱼一直活着
它们游向恩爱　游向朝代深处

它曾经悬于闺室
映过一张姣好的容颜
她的亲人　耽于征战
策马长城　或埋骨于无定河边
如今　一面镜子沉默不语
它一路经过的村庄　风雨　兴亡
被穿窗而至的一缕晨光再次照见

我曾经查阅过史籍
知道铜在商代已有冶炼
这也说明至金代　铜早已炉火纯青
在这面镜子的某处斑点上
我还是看见了疼痛的瑕疵
河山易碎　人世多苦
注浆的一瞬　那被炭火灼烤的人
从眼里滴下了一滴铸浆

不要向沉默之物询问何以沉默
不要打听荻花雪白的缘由
漂泊的人　被天涯所累的人
你要保护好体内古老的铜镜
我们在暗处　它在明处
当你试图解下某些渴意
它正好映见门前的井水

丹江之野（组诗）

丹江考

商州城西之凤凰山
据说是丹江的源头
在万物失据的年代
我相信这并非无稽之言
在西峡县丹水镇　这个
江流入宛的第一码头
我曾看见过一块石头　在它的
时间和激浪都无能为力的
棱角和细密纹理间
我感受过雪横秦岭的奇寒

一条大水的初衷是什么
如今早已无考　它的兄弟
一路投奔结伴的银花河
武关河　白石河　淇河　峡河
不再不舍昼夜　它们常常会停顿下来
等一等缓慢的人间　至于浩荡的波涛
也许从今将永远归隐历史
唐中宗景龙年间通漕的丹霸道
早已水涸石烂

让人想到一位因北望王师
而泪水干涸的老人

丹江在龙驹寨放慢了速度
它与凤冠山是什么关系
一个说法是　并非
地理接纳了江水
而是江流推出了地理　谁在凤冠山上
俯瞰过大水穿城的大剧
谁才有自己的判词　其实
在商邑古道从不乏江流一样的人
李西华　贾岛　韩退之以及更早的仓颉
都在这里落下过大雪

八月荻芦

在八月最后的南风里
荻芦抽出花穗　烁烁若焰
八月将尽　南风完成一年使命
江水倒映着荻芦　荻芦的美
使江水成了浊物
世间万物　都是这样矛盾
又相互依存

那匆匆的过路人　他们要去哪里
在跨江的大桥上停下来
指着江水争论着什么
生活并不比江水缓慢
像荻芦一样　他们也会被湍流
拔出白花花的根须

2013 年 8 月 31 日　荻花如火
我用摩托车载着父亲穿过江岸
那个八月比今年来得早
女人为一桩身外事而载歌载舞
那一天　隔岸的荻花纷纷扬扬
我想起一位
被大雪拦在蓝关的人

船帮会馆

这座屹立在江边的会馆
我前后来过三次
但我怎么也记不得年月
其实记得又有何用
年月和我对于一桩
过去的事物都可以忽略

商议商事的人都归了土
只留下青壁灰檐的建筑
天地多变　人事无恒远
商机和天机早已泄露
听说　大雾四罩的早晨
在墙头　可以听见船歌

我们不懂得一条江水的初衷
同样　对一座会馆的本意
我们依然无从知晓
如今它的意义或许是　我们
偶尔来看看它　并看看一座小城
越来越快的落日

当我走过丹江桥时也在跨过生活的流水

现在是九月　秋风渐劲
丹江被秋天铺得无限平阔
但沿岸依然开满了木槿　野菊
芦花和明天的生活　正在赶来的途中

现在是中午　江水倒映着天空
也倒映着白云下的江南小学
江水深处　岁月如砂　先人汲水而禾
镰刀和锄头因久磨而坦露铁的本性
那时候还没有 312 国道
船工的号子连通长安与楚国

我已忘记这是多少次
走过这座水泥和方言构筑的大桥了
这些年　为了探问生活的究竟一路向远
蓦然回首时　岸柳和我都过了中年
楼宇替代泥舍　晨钟替代鸡鸣
沪陕高速与西合铁路横空出世
以江河的姿势奔向天边

更多的时候　河流胜于史卷
它替时间记录下生活的沉浮

我走过一座熙攘的大桥时　也在跨过生活的流水
这一切被它见证并记下　它同时也记下
一位遗失故国者对一座小城的惊奇
和抵近惊奇的风中散步的名义

今天处暑

今天是处暑日
早晨起来　去河边看荻花
突然看见了自己的四十八岁
像那年去阿拉善看马
马匹去了天边　在一片断草上
我看见了细碎的马蹄声

河水还是那样　不舍昼夜
仿佛世界什么也没有发生过
河水看过了一切　又原谅了一切
那岸上的工厂　昨日起长烟
今日坍塌了
那岸上的人　昨日信誓旦旦
今天已杳无音信
河水用平静原谅了他们

出了暑　秋风就重了
我想　该去看一个人了
那个人一直住在山上
住在一座桥的另一头
最近的拥抱无非是两隔
最漫长的时间
不过清明到七夕

归雁

已经多年没有见过归雁了
往年总在七夕日
我们在初秋的风里看雁
而一场大雪独自进山

那远处传来的哀歌
被隔岸的芦花撕成八瓣
又被雁声均匀地送给每一个人
我伤痛于你落下的一滴泪
一坡白菊伤痛于早到的时间

已经多年没见过归雁了
已经多年没留意过七夕了
这些年　我们都忙于迁徙
从一个禁地到另一个禁地

一条河　穿过一座城市的早晨

现在　是初秋
一座晨雾笼罩的城市并不寒冷
一条大河从它的身体穿过
因为年年的浥洗
大黑山和白桦显得干净

松辽平原多么坦荡
伊通河　辉发河　102 国道
穿越时代风云的京哈铁路
那些前赴后继的人
他们从这里出发　又回到这里
这看似简单的去回之间
已如凤凰经历了烈火
完成了涅槃

我们无力亲历一片河山的历史
作为一名匆匆过客
我有幸看见了它被河水分开的早晨
我看见了大广线　落叶纷纷的春榆
早起的人快步赶上一夜飞渡的生活
秋风吹开大平原无边的事物
也吹动一辆清洁车旁

年轻姑娘马尾飘扬的爱情

这是我一生到过的最北的北方
据说这是松辽平原上第一大城市
据说昔日的渤海王国去犹未远
但我不想刨根问底　我更愿意注视一条
溪水流过一座小学校琅琅的书声
从此删去诗歌中的曲水流觞
只留下名词和动词
作为人间的野柳

永恒的恩情并不昭明

1932 年至 1933 年
乌克兰大饥荒　饿死五百万人
八十四年后　纪念仪式上
波罗申科在饿死的女孩铜像前
深深跪下

他敬献的不是鲜花
而是一把饱满的麦穗
一些苹果　浆果
他大概知道　少女的世界里
再也没有鲜花　只有饥饿

我想起死去多年的爷爷说过
麦穗是会开口的　但并不让每个人听见
意思是　日子是条盲道
永恒的恩情并不昭明

那些逝去的人
他们一直都在
一直只留下永明的宁静

母亲

早上　经过菜市场
一堆白菜和倭瓜后面
一位头发花白的妇人
因为无力和苍老　她已
羞于叫卖

而在昨晚微博里
一位年轻的母亲
对着白血病的孩子
痛哭　下跪
也是在昨天　一位老人
卖掉去年的玉米
凑够了去火葬场的路费

诗人说
女人是水做的
但他从未说出
血肉化水的因由
耳朵和眼睛
深爱杜鹃泣下的殷红

母亲　他们

爱上《清明上河图》
我爱上你路过丝绸店时
头上灰败的头巾

这大海葬着立志

循着涛声　我来到这片水域
一个没有到过大海的人
更加清楚大海埋葬着什么
大海不能拆迁　但可以脏污
像一部现代文明史　布满交媾的痕迹

这苍茫的大海
向彼岸输送过钢铁　劳工　阿迪达斯的代工鞋子
也迎来过蓝眼睛的坚船利炮
炮膛填充着我们祖先的火药
如今　它埋葬着一位诗人　和他低于机台的青春
那二十四年被禁锢的灵魂　在这里
是否得到了自由？

我从绥阳起身　搭乘顺风车
赶到遵义机场　再搭乘巨无霸的甲壳虫飞往深圳
我不避烈日地赶到这一方大海并不为看望谁
这些年　我看见了太多凋谢的青春
或谢于大泽　或谢于高山　或凋谢于去往清风明月的路上
青春或诗歌　从来无动于大海的肮脏与蔚蓝
我来　不过是完成此生路程的某些部分
看海鸥怎样飞过六月寒冷的一天

在海天相接处

有隐隐的小岛

据说某些年里曾住着神仙

如今　住着工业的舢板

临海的棕榈树　高大　招展

这转动的　鱼汛的挂钟　已失准多年

父亲晚景

我从新疆回来那一天
他正在一棵老桃树下种菜
在给白菜垫底肥的时候
他也给桃树上了肥料
这使桃树在四年后他离开时
依然结出了硕果

邻居家盖新婚的房子
使用了铝合金窗
那冰冷的窗框引得他一阵阵痛苦
他执意要给人家打一副木格柴窗
他说柴窗才配得上喜气
怕人不信　他用木工铅笔画了带鸳鸯的图纸
这个过程里　铅笔几次变成锋利的斧子

他突然扭过头来
怔怔地看着我
目光简单得没有一丝内容
四十七年前的某夜
也有一双眼睛这样看着我
这最后的一刻　他看到的一定也是这样：
人间梨花开了
远处　漫漫无涯的黄沙

过天台山墓园

通往山上的路　陡峭　蜿蜒
它提醒来者　墓地并不遥远
但隔着曲折的距离
我踩在遍地的落叶上
想着很多人就这样凋落了
想着很多事物　总是在
不容挽留中完成了命运

山顶上修建了一座
预测阴晴和风向的气象站
它窥知过明月和一群蝴蝶的去意
却没有预测出一座安静的小城
突然大兴土木一夜面目全非
因为懊恼和被冷落　它的门牌掉光了漆彩
唯前赴后继的新亡人
使它和一座山岗日臻其名

先行的人　今天
我来看望你们　也看望自己
高处不胜寒　多少年
我选择低处的生活　作为歌者
早已失去了听众　作为人间的亲人

正举目无亲　　现在已是初夏
光阴是如此具体而迅疾
今天　　山溪如怒　　游人如织
我知道　　一定有人也来自身体的西域

下山的路与上山的路
有着同样的坡度　　一座墓园与另一座
有同样的面目　　天地间
唯有死亡是平等的　　在一块墓碑前我久久伫立
灰白的大理石上刻着：2016 年 8 月 8 日
在遥远的西北　　一个人的离日也是此日
他们一样　　历经坎坷与苦难
现在　　所有的太平和安静都是他们的

同行的姑娘来自成都
她有一枚杜鹃花瓣的单纯
有一刻　　我看见
她与远处一条发亮的大河正好重影
美　　包含多少教义
它提示一部手机
应该为眼前的世界按下一些删除键
并保留一些逝者的号码

绥阳之诗（三首）

马蹄石

这些石头
布满了马蹄的印痕
它是否承受过马队的征尘
已经无考　在黔北　它也曾有过风光
铺设过官家的廊阶和驿道
如今　它静静地躺下
成为一个沉默时代的沉默者

它自山中来　终归山中去
历史和时间都无暇将它带走
那些凹痕　斑点　无以解说的图形
不过是一些隐喻
披枷南谪的人　山中揭竿的人
早年求过甚解
今天　人们早已不屑求之

大娄山一直还在
无数的亭台楼榭与碑牌都化作了废墟
它们都由马蹄石垒就　也同样有过马蹄形的青春
前者因为门庭落雀获得了留存

2017 年 4 月 8 日我从绥阳路过
满街的汽车尾灯取代了灯影
天台山建起了窥察天意的气象站
尚未完成的高架桥把遍地欲望送到天空
在一块马蹄石上我呆坐良久
转身之际　有马蹄声碎马嘶无鸣
没有人听见或看见　我们
由一座边城去往另一座边城

天台山

傍晚无事时
可以远远看一阵天台山
我来绥阳已经一年
要说相看两不厌的
唯有山上夜夜的灯火

谁也没有见过亡魂
但可以通过墓碑
看见他们活着时的命运
他们读过的书　唱过的歌
他们寄出的信　戴过的撩拷　都在
只有他们　走入了安静

有一天乘车去外地
突然看见了山顶的白雪
它们一闪而过　仿佛不曾存在
仿佛愁绪对愁绪的安慰
大风吹开的早晨寒冷极了
早起的江水沿山脚
赶往重庆

黄蒿

去年六月　在去青杠塘途中
我们翻过高高的分水岭
在山顶　我看见了宽阔水
据说它流入了岷江　黄蒿
把一座峰又一座峰连成了夏至

当黑暗降临
晒干的黄蒿扎成的火烛
照亮童年的脸　母亲
取出一粒糖投入碗中
我们围在碗边
等着水变出甜味
这个过程明亮而持久

"今夜新梦，忽到黄鹤旧山头"
世事总是这样　一个地方消失的
会在另一个地方出现
而我们从一个地方离开
总会回到原处

加德满都的风铃

多年前的傍晚
在听一首同名的歌曲时
我爱上了加德满都
在巴格马提河边　有过长长的停留
今天　你替我到了那里

这座寺庙之城
据说有一千二百年历史
这和我对你的牵挂一样长久
那一天　东直门下着大雪
你骑着一辆单车来看我
我突然听见加德满都的风铃响彻黄昏
它们的节奏暗合雪花的节奏

我从来没到过佛堂或经塔
它们在远方　超过人间海拔的高处
你说你此刻正在塔莱珠女神庙
此刻　我在北方的一条河边
浓黄色的河面倒映着烟囱
我们都有同样的踉跄
只是向度不同

今天　我走过华北平原
一方戏台上　离别的水袖忽长忽短
我突然爱上这人间的牵扯
——梵音划过比兴马提河沿岸

地坛

一丈围墙　百棵苍柏
三五十个心怀叵测的游人
这是我到过的地坛
我进门的时候
群飞的林鸟正为落日
添上最后一块铁

这是王朝的地坛
神祇的地坛
2010 年之后它只属于
一位纸上扶椅问道的人
我来的时候　先生和道
出了远门

这些年里
无论我怎样努力　从来
都无法把一首诗写完整
诗歌是诗歌的断头崖
人并不是人的局内人
你们看见的事物正杳无音信

今天　在贵州绥阳

在一块马蹄石上　我发现
一只状若香炉的化石
我想起在地坛曾燃起一炷香
想起香烟领着我这些年里
一直走在人间的对岸

桐花开了

上班途中看见桐花开了
在一片菜地旁边　临水的塘岸
紫色的桐花井然有序
像远方打来的一串号码

今天依旧是平常的一天
这个春天和去年的春天并无不同
春风没有饶过河山
也没有饶过人头

前天　在填写一份表格时
在志愿一栏我犹豫了许久
我犹豫是我不知道尚有何愿
我的犹豫也是一片江山的犹豫

在四楼窗口突然嗅到了花香
那样真实　仿佛乌有的证词
六百里加急的书信一路飞奔
穿过绥阳西部

我想去一趟苏州

我没有去过苏州
关于刺绣　昆曲　漆器和丝绸
仅仅略知一二　但我知道
它们都与一条大河有关
有一条支流流经我家门前
如今　它已接近干涸
人世间　多少事物都驶入了终点

据说　苏州一半的美来自倒影
一半的家丑也是
因为运河　湖港　井水　平江城上明月
过尽的千帆　在灯影里又排成了行
想起来　有一天远方的朋友打来电话
问起北方的消息　其时　一群孩子
正背着书包翻山越岭　他们的小学校
因龙王名义得以保留　不远处一座采石场
正把水墨画撕碎
说到这些　他都茫然如梦
我再次知道　苏州不是北方
它只适合评弹和梦境

我想去一趟苏州

想去看一位女子
她曾住在乔司空巷十五号
现在　她一个人住在一块碑里
这块碑因汉语的贫乏至今没有墓志
大白兔奶糖是她一生最爱
它的香甜和真理相等
她的恋人在大西北的萧瑟里
戴着锁链　数年之前已经作古
带着一封《是时候了》的书信
去和心爱的人接头

现在是三月
西北的桃花要开未开
我想带一朵花骨朵去看她
我知道她身体里有一树桃花未曾开放
含苞之美曾使人们害怕
我想　我就站在栅栏外面看一看
我知道我早已不配叫她一声姐姐
像陆续赶来的人一样
就在门外站一站
然后离去

峡河

那天　我从老家去北京
走完一段陡坡来到峡河岸边
头顶大雪纷飞　山河皆白
旧得不成样子的物事
因为一场大雪变得崭新

那一刻　突然想起
我已离家多年
站在河岸的人　早已徒有其名
流水带来的人烟都被流水带走
只有芦苇白白的头
年年如旧

在河对岸
小学三年级时的放学路上
我为患百日咳的妹妹偷过三个桃子
后来我走了　她留在了向南的风里
那年她十三岁

转身离开时
落在峡河上的雪
更加厚了

只有一场大雪完成身体的睡眠

整整三年了
从不曾有过一日早息
九点上床　零点熄灯
凌晨三点身体铺平
一场接一场的噩梦
又将它一再卷起

落在一个人身体里的雪
从来不被别的身体看见
有一年在秦岭深处
一场大雪从山顶落下
落满我的骨头
从此　再也没有融化

在这个睡眠已死的年代
只有一场大雪
完成身体的睡眠
崭新的故人
给我们捎来乌鸦的口信
而口信的内容
一百场消逝的大雪也无力公开

乡村小学

十岁的侄女告诉我
他们的学校只有四十个学生了
这是一所完全小学
从学前班到六年级共有七个班
我懂得她小小的担忧
我懂得她的担忧是一只风筝
对春风的担忧

三十年了　我一直没放弃
这样一个愿望：回到一所小学
接受一张柞木课桌的讲义
回到只放得下童声的操场
再听一次风对羽毛的吹送
三排泥瓦房子
没有白炽灯　有对灯光的赞礼

现在　我就站在墙外
水泥墙上刷着
欢迎检查指导的标语
这里是旧地　也是外省
我已再无可回的小学
甚至失掉书写失败之书的可能性

出京西记（三首）

没有办法的事情

就要离开这里了
有生之年　大概再也不会回来
有生之年　我们离开过多少地方
离开过多少回自己
这是没有办法的事情

今天　是冬至日
北京城丝毫没有雪意
路旁的杨树落尽了最后的叶子
赶早的人们骑着车子驶过街巷
心事和日渐稀薄的韶华
沿着车迹散落了一地
这是没有办法的事情

没有谁不是异乡人
没有什么不是祭品
乌鸦患了失语症
温榆河奔流又消逝于奔流
三百年的京剧身戴三百把铜锁
而辉煌的落日有辉煌的苦味
这是没有办法的事情

过慈云寺

慈云寺早已徒有其名
慈云自哪里生　在哪里佚
已经无可考证
我乘 690 路公交路过这里
只有铺天的雾霾覆盖着水泥的丛林

寺庙遍生的地方其实并无庙宇
广厦林林之所广厦已经不存
邻座的女人面容姣美
她望向窗外的眼神没有内容
提示器提示人们：慈云寺到了
一些人下去了
但那儿并不是他们的归址

新闻里说
明天的污染指数更高
人把人间折腾到了这样的地步
为防止病从口入都戴上了口罩
其实病毒早已深入肌内
从慈云离开的那天开始

空有其名的地址
从窗口一闪而过

天空宁静　人间汹涌
一个白纸上赶路的人　没有人
能告诉他
穿过腐败时间的另一条路径

北京西站

一辈子没到过火车站的
也大有人在　比如我的母亲
她的眼神正日渐衰竭
已经看不清火车载着儿子
奔往哪里

还有我的父亲
他的坟草已深　他被另一列火车带走
在另一个世界永久停滞
他看见儿子向自己日夜赶来
心里一定有难言的欣喜

北京西站　这两年里
我来过多少次已经记不清
它像一张巨口　把我
从一扇门吞进　又从另一扇门吐出
看似简单的轮回里

宫阙已化作了废墟

候车室巨大的电子屏上
秦始皇雄壮的兵马扬起征尘
这些盗墓贼不感兴趣的泥胎
因为无用而得以保存
广告屏下　我们这些攒动的奔跑者
盛世大业的创造人
过了今夜　一声汽笛后
都将无迹可寻

火车跑着跑着天就亮了

火车跑着跑着天就亮了
一些人离家越来越近
一些人离家越来越远
窗外一闪而过的男人　女人和孩子
这些早起的人　苦命的人
晨风掀动他们的头发和衣角
掀动他们庸常的生活

我喜欢这样的景象
从小小的隔着晨曦的窗口
看见微小的命运
没有什么能让生活停下来
那些低低的诉说　包含的巨大秘密
随风撒向高高的天空

我愿意一生看见这些：
白杨树把村庄分开
木栅上晾着花衫和头巾
方言连接着草藓
土地贫寒　辽远　宽容
没有迫迁和失所
而我独自承受奔波和孤独

没有一日安宁

像一列火车
在缭乱的世事里
匆忙而过

别过

因为将离
再次来到温榆河边
防波堤上　杨柳依旧
只是被北风改了衣衫

大河宁静
天寒岁晚　它的暮色
朦胧着烟气　我们都遍尝烟火
多少年里　有多少人
沿着河流去往他乡　因为走得太疾
从躯壳里跑了出来

流水一直在消逝
江山易破　流水无常
所有的家国都空有其名
河水运走人烟　只将
石头布与荒草

乱石滩头　白鹭
正在取走它一年所遗
它将飞往南方
明天　我将回到商州
看望坟草已深的人

在柯伊特塔哥伦布像前

得志的人　我实在无由
对你生出太多的敬意
拍下一张照片以示来过
就匆匆下山了
向下的路陡峭　蜿蜒
它通向大海　也通向绝境

站在柯伊特塔
大理石砌就的高高顶端
再没有比旧金山更好的山河
这片土地上曾鲜花流淌
如今它被资本和繁华笼罩
金门大桥车流浩荡　它们
将抵达哪里　它们奔向欲望的天边
绕开寺庙和黄金的教堂

就此别过了
克里斯托弗·哥伦布
发现新大陆和财富的意大利人
和你一样　沿着一条条自凿的巷道
我发现过金　银　铜　铁
在发现的尽头发现了坟墓

金色海鸟在我的头顶
做过片刻停留和盘旋
飞向奥克兰海湾

来自墨西哥的说唱人

依街傍海的码头
阳光比大海还要明净
来自墨西哥的说唱人
他的胡子正在花白
怀里的吉他正风华正茂
面对巨大　高傲　黄金铺地的旧金山
他与指头下的琴弦千金散尽还复来
一杯一杯又一杯

这一天　这个平常的中午
我由此前往天使岛
那里有我早已亡故的前辈
一百多年前　他们也是
怀抱虚无的弦声
一盏一盏复一盏　对于老家
他们都下落不明　音信杳无
有着同样的传奇色彩

目睹一个死人的活
和想象一群活人的死
有一样的残酷和恐惧
我知道　再亲切的呼唤都已无法

再唤回他们
门前的河水替他们断了肠
也断了念想
而我　一个未亡人
并无力替时间说出人间的羞愧

现在　我正登上空客 757
飞往上海　那里并非我的家乡
我知道旧金山正是夜晚
海风还在吹拂　灯塔交辉出不熄的诗意

说唱的人还在说唱
也可能他已将自己装入一个
别人扔掉的纸箱
安置于旧金山某个僻静的小巷
我想给他的母亲写一封信
告诉她现在孩子的消息
可我知道像我一样
已没有人能够知道姓名与地址

华尔街

我来到的时候
华尔街一天的风暴已经消散
一只金牛立在当街
无比硕大　像臃肿的资本
许多人围着它拍照
他们内心的肿块
通过手机一千五百万的像素
显得更加清晰

纽约的初冬已显出寒意
灯光让空气变得黏稠
在寻找中餐馆的漫长途中
我突然看见了洪流
它滚滚若海水呼啸而来
滚滚洪流中　爱情正在结束
美丽的少女扯碎玫瑰
而落日巨大从西方升起

在西北的秦岭南坡
我有过四十年的生活
二十年前　秦岭被一条隧道拦腰打穿
一些物质和欲望　一些命运和死亡

从这头轻易地搬运到那头
其实华尔街的意义也不过如此
在人们去往未知之地的路上
又快捷了一程

相比华尔街的辉煌
我更爱下榻屋的一张木床
这张承担过无数疲惫的床的床头
被睡眠擦得锃亮
露出好看的木质
沿着木头的纹理　我们将遇到
一些早年的事情

大海宁静

半夜醒来　再也难以入睡
窗外传来轮渡的汽笛声
再次提醒　你身在何处
却并不指明你将去往何方

黑暗中　一些事物闪闪发光
而另一些是那么寂静
半生里　你一直在它们中间行走
被它们中的一些绊倒
又被一些扶起

你爱过的江山已经老了
而人群依旧年轻
那些微小的人　奔跑的人
他们纸糊的自由
纸莎草的愤怒
被风吹上瓦蓝瓦蓝的天空

在遥远的北方
朔风和大雪正漫过天涯
哦　天光微亮　晨曦寒冷
大海有宁静
你有铁制的毛衣

唐人街

唐人街早已没有了唐人
陌生者的街巷今天走过我们
街树正落下叶子
像我这一年的过错
所剩已经不多

在一个转角
巨大的牌楼上书：廉耻
这人间早已遗弃之物
与一群褐色的鸽子
在高高的大理石上栖息

我有一位要好的朋友
有些年　我一直叫她唐人
我有时候想起她
有时候又把她遗忘

冬天了

早晨打开手机
遥远的友人发来
大雪的图片
冬天已真的降临了

我曾写下《秋兴五章》
的开头
如今　它们还在纸上
像再无旅客的车站
立在黄淮路口

在这里　巨大的回收站
我每天所做
就是在一堆旧服装里挑拣新衣
顺带为自己挑选
已经积攒下两大箱子

回过头看
我半生所做
都在挑选冬衣
已够穿戴十几辈子

在鲁迅墓园入口

现在是下午三点　阳光燠热不堪
手里的农夫山泉已经失掉泉之本心
大地本是熔炉　在这里找到了真正的注解
在进和退之间　在仰望与垂首之间　在十字架
与十字绣之间　你依然选择了前者
那宽阔的入口处　曾拒绝过多少时间与车马

你从山中来　带着断崖的本性
一道闪电从内心出发划过近半个世纪
1881 年至 1936 年　时间何其短暂
而对于一束灯光已经足够
沉睡者从未沉睡　他只对黑暗倾诉
子弹穿过朽木　鸽哨打断颂歌

来者和去者　在此几度相遇
其实真正的事实是他们从未相遇
犹如一枚书签的正面与反面
永远有着距离
大理石坚硬　光滑　有力
试图举起一颗不屈的头颅
哦　它正为人间明月低垂

隔着时间和扑面的热浪
可以望见一支烟斗一明一灭
看见棉制的长袍抵挡着岁月的寒冷
冷眉与热目　仿佛一对仇家
案桌上数只小毫全是问号
磨蚀深深的砚台犹如明月之光
那热爱过的物什都与世道相背
星光从窗口探进来照见刀丛的小诗

你想告诉墓碑下的人
你来自遥远的秦岭　那里的人烟
并不比乌鸦阜盛　一条隧道从这头穿到那头
多少人通过它去了远方
他们中的徐锡麟秋瑾已经老了
风雨如不义的在场者　掠夺了一切
丹江水依旧喧嚣　芦花如快递
年年捎来苏三的消息

苦苦排队一个下午探望的人
其实早已离开　只余
松柏　香樟　广玉兰守候在这里
"此别成终恨，从兹绝诸言"
一阵风吹过四川北路　它是去年的那阵风
一群人登上了高高的电视塔
不久前他们已经登临过一次

去年在西安

昨天晚上
无端地　梦到了西安
早晨起来跑遍了朝阳路
终于找到一家叫陕西的面馆
其实在西安我早已举目无亲
其实无论在哪里　举目都已无用

记得去年在西安
去看唯一的亲戚
他是一位建筑工　在工地搬砖
那天他带着四岁的儿子
我请他们吃了酸辣粉
出门时　儿子要求他再抱一会儿
他说　儿子　我得抱砖去了
当天下午　一摞砖从五楼下来
抱走了他余下的时辰

记得去年在尚德门
一座九百年的门楼被化整为零
历史并不比一块砖头有用
一个十七岁的女孩
委托她的前男友用一辆人力三轮车

拉走了这些赵氏孤儿　用它们
打掉了肚子里不知谁安下的仇人

据说这个夏天
西安潦热不堪　更多的物事
前赴后继　不知所终
我知道这个夏天和去年的并无不同
无非是一些人爬上大雁塔又下来
无非是一阵风吹过另一阵风
如果把西安比作一条大河
两岸奔走着鱼死网破的船工

女子

比玻璃更脆的玻璃
是那些映照我们的女子
她们纯净　静默　生活在高处
因为过于透明
以至于我们一抬头就看见
人世隐秘的部分

我们对女子的认识
还仅限于她们的明亮
其实她们最致命的是脆性
世界的任何一次鲁莽
都会使她们粉身碎骨

她们把一些事物引向此岸
又把一些事物推向彼岸
使它们并不需要借助翅膀
就完成了坠落和飞翔
在日复一日　年复一年的推引间
她们完成了一生的深渊

使我终老一生接受法典的
不是别的

是一个这样的玻璃
杯子

这茶杯已随我老旧
再也无力抵挡水的失形

蓄满水我看见父亲的脸
喝完水我掂到母亲的轻

杯子外面有一群人
杯子里面有另一群人

毛尖换成普洱
世事并未转身

杯子蓄积了太多的疼痛
落地时它喊出了它们

康德

对于康德
我真的一无所知
我猜想他是个好人
不然　也不会有那么多人
千里迢迢去看他
乘一辆黑夜的老火车

我一直以为
他有一位女友
蓝眼睛　金色的头发
会做咖啡和面包
喂养哲学巨大的胃
查了资料　知道他没有

康德有两件东西
道德和星空
我们也有两件东西
私欲和地沟之门
我们和康德
都是自创法则的人

我唯一清楚知道的是

康德和我们隔着三百年的时间
这距离远得像失败和成功
又近得仿佛酒杯和愁苦

已经很久没有写诗了

已经很久没有写一首诗了
桌上的稿纸落满了灰尘
中午　母亲又打了电话
她说终于找到了父亲藏在
旧屋梁上的《英台闹五更》

母亲说歌谱少了几页
梁山伯到底有没有化成蝴蝶
说到这里电话那头有些哽咽
日月荒烟蔓草
一本戏词里有旧风月也有新仇

下午收拾屋子时
郑寿的皮鞋还在床底
它的完好让人伤神
如果那天火车没有晚点
如果那天的月亮升起来

已经很久没有写诗了
诗有时是多余的
有时不是
像一段旧戏曲

牵牛花开了

今天早晨　在去温榆河的路边
一些牵牛花开了
这些又被称作狗耳草黑白丑的花儿
开了一路

想起有一年
从西宁到郎木寺
公路两边也开满了它们
一簇一簇　沿循化　过双城
像执意赶赴神的约会

我猜想　植物的心里是有神的
它们怀里都有一卷羊皮经
而我们早已没有
只剩一部血泪仇

从温榆河回来时
我看见这些又叫小儿羞的花儿
都俯下了身子
像旺吉终于到达了经筒
安详而空无

致高尔泰

先生　我黑夜的寂寞
除了棋盘上的棋子
只有你的文字知道
黑夜如白霜
盖在我们身上

翻开第一卷
是《梦里家山》
先生　家山只在梦里有
如今　梦像田埂草
正被草甘膦杀绝

从高淳　敦煌　夹边沟
到纽约　拉斯维加斯
你一直用手指
在水泥墙上掏洞
除了死亡　有什么
不是抽刀断水　先生

先生　我洗洗睡觉了
穿上北风的睡衣
在时代的大床上
和一只猛虎相拥而眠

栀子花又开

栀子花又开了
一簇一簇　开在
废弃的煤场边
光阴正值四月　草长莺飞
树木的尖叫使树身鼓裂
柳泉河的喧嚣把淮南劈开

煤场巨大　乌黑
是白昼里无边的黑夜
它的四周　青蒿们正揭竿而起
它的深处　埋着一个人的微笑
一个叫婉容的
栀子花开的青春

1999 年　关中大旱
青蛙渴死在河里　蚂蚁病亡于田头
待字闺中的婉容待无可待
先河北　再山东　最后
在一场蓄谋已久的大雨中
在淮河岸边一场命定的煤崩里
待下了

栀子花又开了

干净的花儿　一朵赶着一朵开放

仿佛赶程的女儿

要回到故乡

而细雨不停地落下来落下来

使关山更加遥远　苍茫

小满

在农贸市场的入口处
有一个外乡人的瓜果店
通红的苹果　翠绿的西瓜
粉嫩的桃　金黄的杏
都不及它们的主人好看

买瓜果的客人喊
小满　来个脆甜的西瓜
小满　给你零钱
我知道了　她名字叫小满
我听到这个名字这天
正好是 2016 年的小满
温榆河上那棵女贞开了

这一整天　小满借小满的清风
把凌乱的头发不时捋一捋
店里的瓜果争奇斗艳
她把它们从头擦拭了再淋一淋清水
把它们的尖叫安顿下来

客人不多的时候
小满爱把柜上的玻璃

擦得像没有玻璃

仿佛便于看清

梅子甜杏白兰瓜们的身世

它们白茫茫的来路

没有边际

眼睛是有罪的

天快亮的时候做了个梦
看见我和妻子各奔东西
婚姻空洞　徒有虚名
刀子和剪子互为表里

某日去温榆河边郊游
温榆河已经没有榆树
河面只有发绿的漂浮物
漂流瓶也是空的
再无托付情人的书信
夕阳坐过的码头美好　古老　布满了血腥

就在昨天　在去往西站的公交车上
我看见一个空位上铺开一张报纸
它庄重的头版是一篇社论
风驰电掣的公交车载着这条关于人民的消息
像载着一片祥云
同时我看见每一位光鲜乘车者都缀满了补丁

我的眼睛是有罪的
你的瞳孔也是

温榆河

这是这个五月里
第三次来这里了
一条并不干净的河流
令人如此牵挂
没有渡口的河流是忙碌的
两岸的风物和人烟
有相似的奔波

河的对面
是一条繁华的马路
只有碰到红绿灯时
它才会稍作迟疑
而一群背着编织袋的流徙者
与温榆河上的浮物一样
并不知道将流向哪里

再盛大的流水
都将消失于地表
两岸裸露的干河床
正说出端倪
我们对流水的无奈
一如对自身的无奈

秉性　阶级　出生的朝代

温榆河不舍昼夜地流过我们
并不能教给我们一些课程
只是你在水面照过影子之后
它将变得更加喧腾

在皮村读刘震云《一句顶一万句》

我没有见过刘震云先生
据说他是河南人
河南是出麦子的地方
我对河南的认识
来自烩面和烧饼
现在　来自吴摩西杨百顺们

苏三说　洪洞县里无好人
这是一句顶一万句的好词
刘震云和苏三的不同仅仅是
后者是女人前者是男人
他们都有书信指望过路的君子捎去

所有的书信都是删繁就简的
一句顶一万句
像春风下的北京皮村
一些人载歌载舞
一些人抱头痛哭
只有写下书信的那个清晨或下午
是真实的　像一方白描的秘境

许多年来　我一直选择信差的生活

从黑夜到白昼　从乌鸦到喜鹊
苏三的口信还在我身上
而今这日增的　无址的信札
又捎于何处

谒杜甫草堂

我来到的时候　杜鹃已经开败
清塘正在泛滥浊水
游人如同酒后的丁汉
看得出　大都并不为诗歌而来
这个年代　诗已经越来越远
好在草木还在

就在昨天　在巨无霸的成都富士康厂区
我与年轻的工人们有过一下午的交集
在整齐的工作格局里　他们
像一个个精致的截句
相比我的半生零乱的散章
我不知道是不是更暗含了
命运和诗歌的精义

草堂内的道路曲径通幽
不知道有没有一条通向唐朝
我沿着一条路一直走到杜甫铜像前
它那么平坦　安静
要抵达诗歌　显然
还要增加宽度和坡度

在一棵巨大乔木下我久久停留
第一次知道有一种树叫桢楠
亭内的铜身日日旧去
亭外的枝头年年如盖
万物都无须赞美和纪念
在此的一直在此
该走的留又如何

出了草堂
是一望无际的广厦
成都正一天天大于天宝长安
这繁华的　升平的现世
是否是一代流人的归址
夕阳在一排银杏树上栖下
风雨廊桥上
走满了盛装的现代狐狸

苏三起解

在西客站候车的漫长等待里
又一遍一遍地听《苏三起解》
苦命的人儿命长　起解了五百年
还在洪洞西门里　路过的君子们
长袍换成短衫了

我的对面是另一位女子
她面容姣好　眼含忧郁
怎么看都是苏三
解差藏在她的身后　凶狠而无声
以一张薄薄车票
押她去千里京畿

戏词从来不说谎
光阴是忠诚的验证者
我们都是被押解的人
又在押解另外的人
谁曾替含悲人传递过书信

G88 终于开动了
一群人押着另一群人登上列车
苏三也被押到大街前

我们将在终点站会面
哦　终点站
我们也将像所有的抵达者
下落不明

日子有时曲里拐弯　有时呈一条直线

一转眼　父亲在山上已住了半年
他不想家　家不想他
彼此相安无事　日子
有时曲里拐弯
有时呈一条直线

我每回从外面回来
都会经过他的坟场
有时看见他穿一件棉袄
有时候什么也没穿

还俗的阿仑穿一件旧西装
脚上的皮鞋来自寺里的香客
他有五十岁了　目光清澈
和他伺候多年的菩萨一般无二

电视里的祖国更加欣欣向荣
母亲端上一碟土瓜子
坐下来　和我讨论外面的事情
一个下午　外面的世界被我们
嗑成了一堆空壳堆满桌面
门外春光无限　普照大旱之年

过洛水

不舍昼夜的洛河
此刻　我看见的它两岸的景象
还是早先的样子
但肯定的是　流水深处的沉沙里
必有崭新之物

今夜　月光浩大
今夜月光铺开多少浮桥
一些物事　一些梦境
一些细碎到无可捉摸之声
在此岸与彼岸之间穿梭　奔走

岸上人烟　此刻灯火如织
黑夜总是以熄灭的方式
让光亮复活
对于巨大的生活
人们一直有着自己的解构
比如一页页青卷　比如一个个针脚

地里的白菜　熬过了秋天
此时　更加葱绿　整齐
季节有季节的逼仄　寒冷

白菜有白菜的辽阔和安静

在洛河之源的灵口　我用
半个夜晚看大水东流
看河风把石头搬向平川和山阿
而月光与河水
一直朝着自己的方向　以自己的速度前行

耳聋记

2014 年　正月初六
那个人从罗家村乘车下南阳
在经过丹江大桥时
河水还在梦中　河边的
三只鸭子嘎嘎叫着
像三朵新开的白莲

它们不知道　路过的那个人
那天刚过四十四岁
更不知　那人此一去再也没有回来
那一天是他一辈子的最后时光
那一天之后
他活得何其漫长

那一天　312 国道朝秦暮楚
它经过的州府都喜气洋洋
它最后抵达的那条山沟
积雪未化　山体里的金锭金黄
山上的玉兰树
都有了女人的模样

三十三天后　他离开时

它们大都无声地开了
它们把花香和声音
从他身上摘了下来
在又一次经过丹江大桥时
三只鸭子还在　但都哑了
沿途的州府悄无声息
昼夜传达着某号文件

在经过某镇时
他看见一群人在旧台子上
悄悄地唱豫剧《武家坡》
台上的鼓乐和宝钏在悄悄哭诉
台下黑压压的人群悄悄地听着
他看见
台下人身上的戏文比台上的还多
台上人还有寒窑
台下人的院子刚被拆过

百望山

推开朝北的窗户

百望山就在眼前

山顶有古塔　玲珑七层

据说　从那里可以望见北辽

如今　北辽亡矣

金沙滩上的烟尘早被大风收回

山海关前卧轨的先亡人　我看见

你青发如暮　坟草已深

我来自遥远的北方

雪拥蓝关的秦岭

多少年里　我一直在身体里建一座塔

取名也叫百望

它由七层大石构成　至今没有竣工

我想站在上面看看

征战未回的先人

我的身后　是友人的主卧

书架和床头堆积着书本

百家与诸子站在书页里

保持着原本的沉默

他们偶尔说话　内容与语气

与百望山上的朔风

多么相似

李天路

在李天路的某个房间
一转瞬　我就住满一个月了
一个月来我不问世事
世事一直也没有问我

除了电视　我偶尔
也看看手机里的新闻
对它们我从来是将信将疑
这些年我更相信一张白纸

李天路是北京最像路的路了
除了车轮还有一些脚步
它通向高铁和机场
也通向商州的某间瓦屋

某晨　在离公路不远处
我发现一段残碑
模糊的小楷向我讲述一段清晰往事
事件发生在嘉庆五年暮秋

英雄和美人各有出处
但末路大致相同

要么归于木头　　要么归于石头
当曲终人散　　它们为他们关上大幕

昨天夜里　　北京城落下一场大雪
年末岁晚　　背井离乡的人都在回家
这使李天路回到了路的本质
新闻说台湾正在大选
母亲说门口的路长满了枣刺
我想　　这些消息都是真的

马蹄

多少年里　我总是
想起甘南草原
那是春天　马蹄声碎
马上端坐卓玛和藏语

多少年里　我从
甘南到藏北
磕长头的人　从身边经过
他们从不说话
他们一直在用
血肉和骨头交谈

那大国里　奔驰的
春天的马蹄啊
缓慢而又紧急

京西记（四首）

京西之幽

京西之幽　无疑是富有的
有足够的现代可供挥霍
无数条道路从这里出发
而出发者并不清楚要去向哪里

据说这里　早年曾是一个关口
输运过无数兵马
吹动今天尘埃的朔风
也吹亮过他们刀头的玄铁

现在是十二月末
一些事物正在走远
而新的事物远未到来
地理和时光一样
充满了未知和断口

一条河水日夜东流
它多么浑浊
它携带的两把大刀
锋利　冰冷

像一个人半生的报应

大街上行人匆匆
今天　已是冬至

五棵松

早年　五棵松树一定是有过的
如今只看到小住之屋窗外的一棵
昨晚　它挂着京幽浑圆的落日
现在　晾晒着苏三脱下的凉薄青衣

那么密集的楼群　高大　耸立
这些人间现代的松林
有时会落下麻雀和乌鸦
并成为它们的居所与笑柄

有那么一会儿
我恍然看见五棵松树从远处回来
时间的尘屑细若松针
铺盖途经之地
几片不化的骨殖散落其中
白亮如同舍利

进京白菜

在小旅馆的左边
有一个菜市场
它日夜嘈杂喧嚣
有一群白菜独自安静

我不知道它们来自哪里
但我看得见它深处的光阴
那是五月或八月
田埂的野花细碎
有一些人畜　有一些神
他们在天空下停留和走动

它们是干净的
为了保持干净
它们身上裹着些微的泥土
有一些被脱光了衣裳
露出神赐的乳房

过公主坟

公主已经走了多少年了
只有坟冢还在

对于亡人
这是多好的事情

如今　它被做成了
地标　公园　站牌
而另一些时候
它是浊酒或归址

花都是碎的
命都是短的
草木争相衰败
只有尘土日日崭新

我伸手摸了摸墓碑
哦　它是温热的
大街上行人匆匆
今天　已是冬至

我想拥有一个报亭

我想拥有一个报亭
小小的
放得下苍茫的中年
它的屋顶要低　瓦檐的那种
经常落着飞倦的鸽子

我不在的时候
接替我的是我小小的爱人
她蓝底白花的　坐在那里
她不识字　把书册
要舍不舍地递给客人

放学了
孩子也会来到这里
一边嗑着瓜子
一边看着生活的庄重

它最好是在上海或者北京
有光线昼夜疾行
有一些人在亭边坐下来
随手拿起摊上的白纸
画下一盏盏马灯

地铁口的梁祝

在地铁口的台阶上
一曲梁祝是如此清晰
以至于琴声外的嘈杂
沦为一地鸡毛

他们执着手在台阶上坐下来
依旧书生年少
送他们来的西湖水
还是东晋的明澈

这些年　我已习惯奔波和尘土
他们显然并不适应
当地铁隆隆驶来
他们在琴弦上打一个死结

时令已是初冬
转瞬　下起了小雨
雨水和着旧钱塘的悲情
一会儿就拭净了地上的霾迹

现在　我已回到乡下
听天气预报北京下雪了

不肯被我带回的人
不知去了哪里

身藏大水的人

身藏大水的人　此刻
你并没有醉　醉的
是身体之外的尘世
佛法西来　大江东去
你饱满的画浆　让铁树花开

生和死不过是一道云霭
而月光是时间唯一的凭证
人生至凉至暂
流水何尝不是

燕将明日去　秋向此时分
一个人可以是另一个人的边关
也可以是另一个人的菩提
风尘打开的莲台啊
每一座都那么干净

一场大雪从关头飘向关尾
落满
人间的金身

桂花辞

初识桂花香时　我正好八岁
高处的秋色大于低处
十里商山更加空旷
野菊零落　等待一场大雪把它接走

桂花洁白　它的白里
藏着嫣红　像一个人开口说话
一句一句　那么轻
轻到无声仿佛沉重

我每天经过的地方　高大的
桂花树下　常常站着一个人
她笑眯眯地等我
笑眯眯地递给我一个红薯或一个抚摸

那时候　我不知道
她叫桂花　是我父亲抛下的人
那时候人们正大炼钢铁
丹江上的麻鸭像极了私奔

父亲

在最后的四十八天
你多像一位飞天者
人世正在走远　天国的梨花
在明亮的辰光里　淡淡地开

我像一位老人
白发从额头铺下来
一直铺到余生
风从骨头上刮过　一片苍茫

你走后　日子变得更加空荡
我守着你种的桃树
像小时候跟随你上山放羊
走丢的羊羔

这些年　世界发生了很多变化
你一身的木工手艺
像一根根旧木头　朽落一地
时代如一条大水一泻千里
我们怔怔站在河边　成为无关的事物

现在　我是真正的孤独者

无父之人　父亲
其实　多年前我已经老了
你的离开　把我
向老里又吹送一程

别离放进别离

从 2015 年到 2016 年
已似一个甲子
从鸿书三千到今天春风里的相对
我们都不知道说什么好
你夹起一筷菜放到我的碗里
雁声送来了久违的故人书

抬头时　看见了你
发丝间的一丝白发
你才三十七岁
人生的易老和春日的速朽
有可媲美之处
白发尚短　正好够我度过余生

你名字里有一个白字
我命运里正好也有
一个下午　白鹤在辽河上起落
仿佛我们共同的洁癖
最后　消失于四合的暮色

我来过了就不会再来了
明月的好　也是荒芜

你的手放进我的手里
像别离放进别离

白芷

初见你时　你在岩畔细数家业
青天之下　大雁南飞草木正黄
一场细雨打马走过
打碗碗花　照亮低处的粮仓

你有白的姓氏和微苦
而白的芳馨比岁月略长
民间大不过半间草庐
你仿佛从来没有开败过　在静静的柴门边

车前草的细心　黄芪的简单
再加上柴胡的晚节
就能让木格窗花照亮年景
一轮明月　是不是那年
你从路边捡回的书生

人间的好日子都细细相连

她三十岁了
有最好的身段和青春
平时　她把它们裹起来
藏在碎花衣袍和风尘里
现在　她把它们
放在一床铺开的棉被上

这多像　把一叶扁舟
放回通天河
这多像　把一朵牡丹
放在洛阳
她没有这么想

她想　能不能线再细一点
别硌着铺开的疲倦
她想　针脚能不能再密一些
人世间的好光阴都细细相连
她想　那个人若是还在
那白净的笑一定还像这一床新棉

她这样想着　想着
太阳就从南山上落下来了
落在盛满清水的瓦缸

立秋了

早晨出门　一片梧桐叶子
飘落脚前
蝉的叫声　有了苍色
我才恍然　哦　立秋了

立秋了　人间更加寥落
远行的人　更加远了
他们赶着收获异乡　却被
异乡的风吹成了漫天的风信子

一个人的老　是一转瞬的事情
对于季节　并不比一株草坚韧
白发从骨头里生出来覆盖暮年
命运空荡得　只剩下离别

一只木桶　叩开了青石井栏
井水提上来了　甘冽的秋天
在水里晃荡　飘落的风尘里
有岁月的铁

立秋了　大河东去
河面上挤满了人和事

它拐了个弯
多少今世就变成了前世

先生

1931 年 3 月 24 日　一群人
从周村火车站下车
坐上马车　一路向西
嘚嘚的马蹄声穿过田野
天地无垠　没有任何一种事物
比一腔理想更宽阔

1986 年 11 月　郭蒸晨
前往北京木樨地拜访先生
蓝呢小帽
蓝灰色涤卡对襟上衣
一把旧藤椅　几处破损
深沉的眼睛　坚毅　宁静
一盏豆灯　发着月华的光亮

1988 年 6 月 23 日　先生卒
乡人葬之于山之阳
——生者居住的地方

远志

养心血　补不足　除邪气
利九窍　益智慧　耳聪目明
村子边缘更远的山坡
布满了这些细草

白茫茫的植物
走过酒肉臭的朱门
冻死骨的村途
在一道山崖上重新落草
它有三条枝蔓
一条指向浮云
一条指向洛水
一条指出白骨的去处

白茫茫的植物
栈道上见过苦命的良人
圣灵奔跑于雷霆
江水里洗亮锄头　采药人
亡命于不能到达的草根

赶考的人路过正午的山岗
烈日炎炎　他要逃离命里的白虎

焦灼　饥渴　病厄
腹中的诗文最后一次将他绊倒
一片开白花的细草收留了他
收下他的肉身和一生的青云
那安静的归地如今是人间的欢场
唯有草木　苍茫如暮

六月将尽

六月将尽　整个六月
我没完成一件事情
父亲躺在床上
一日小过一日

人间留给他的时日
已经不多
而留给我的还有多少
我每天三次去看他
无非是十步看五步

向南的窗户每天开着
木花窗格是他早年的手艺
昨天夜里　他从一场昏迷中回来
突然对母亲交代：我走时
带上我的木匠斧子

六月将尽　地里的玉米
长到一人多高
空山灌满了蝉声
只有新来者安抚着将去者
只有时间接过人间的法门

豁口

豁口老了　草木使它再度年轻
夕阳无限好　夕阳穿过豁口
把一阵大风拦下

羊群是西下的云朵
一片山丹丹前呼后拥
推来时间的马车

远行的人脚步踉跄　背包里打满叮咛
此去山高水远　豁口上且小歇
回望烟起处　多少亡去的人重又开口

哪里是人间的去处
命运的豁口绵延大雪
捎带飘满我们的头顶

从一个豁口到另一个豁口
中间是我们深陷的一生
风尘茫茫　吹散一茬又一茬年景

说书人

说书人来自河南宝丰
那地方出麦子和红薯
这两样好东西都不能让他留下来
他喜欢跟随秦琼包龙图
游历四海

说书人看起来比秦琼包爷
都要苍老　至于名姓
没有人知晓　大槐树下
一把书尺　回肠九转
把一条人心里的九丈白蟒
一铜劈了

斩了妖孽　刀兵入鞘
说书人又奔向下一个村子
山高路远　他比我们更熟知路径
在下一个村庄一干人困于陈州
急待三千斗白米

这是好多年前的事了
说书人一走　再也没有回来
这些年　满村子的人都出去找他了

如果你见了他

请告诉他快点回来

投不出的书信

院墙边　蓬勃的月季
开了五朵　正好
等于它小小的年纪
除了张开的花蕊
它的变化　要小于这个人间

今天是农历四月初五
探入院墙的樱桃
熟成了阿丽
这么多年过去了
我发现　月季和樱桃都是旧的

对于时光　生和死
有什么区别呢
我像一个返程的信使
身体越来越轻
忧伤　是投不出的书信

写信

天慢慢热了　麦黄鸟的叫声
从平原翻过了秦岭
在外的人　坐下来
开始写信

他先写　妈妈
儿在外　一切都好
你要是冷　就到屋外晒晒
晒暖和了　记得
把衣领上的扣子扣紧

他又写　爱人
麦子熟了　先捡黄了的割
你看　昨晚上走的两个人
他们的工钱
再也领不到了

最后　他写道
儿子　学校好不好
这回　爸爸挣钱了
听老师的话　把红领巾戴好
破了的鞋子就不要穿了

写到最后　他想起另外两个人
他写道　老余老蔡
你们走好
医生说我的尘肺病已到晚期了
过了这个夏天　我也来了
奈何桥是不是七寸宽万丈高

他最后　也给自己写了一页
写给自己的信是无字的
地址　时间　他都忘了
他投到了身体这个邮箱里

马

马一辈子跑过多少路
马自己也不清楚
马驮着我们
快马加鞭地去办一些事情
事情总是比马毛还多
有些事比马还快
马撒开蹄子也追不上

马一辈子沉默寡言
却听得懂人的事情
某个人死了
它会喊一嗓子
眼睛里都是人的风尘旧影
马把车子拉坏一辆又一辆
把黄尘分开又合拢
走完了一条路又走另一条

有一年　一匹马死了
我们就在马圈旁架起铁锅
煮马的骨头
我们喝着酒　啃马的肉
好多马围着我们看

它们不发一声
马一定看清了我们
而我们对马什么也没看见

陪瘫痪的父亲打一场篮球

父亲年轻时　喜欢篮球
那时候还没有我
那时候没有吃的
那时候篮球很少
他用三担井水换一张入场门票
不因欢乐太多而疲倦

后来　母亲来了
我来了
祖父骑鹤往西去了
篮球变得又小又重
最后　彻底走远了　像再不
上门的远房亲戚

有篮球的父亲　和
没篮球的父亲的区别
像桃树和李树的区别
这是我偶然中看到的

两年前父亲回到床上
回到了婴儿时光
每天吃得很少

他知道我在世上
不知道我在哪条路上

今年过年的时候
我给儿子带回一个篮球
父亲伸手摸摸就放在了自己床上
昨天夜里
两床被子铺开一块球场
整整一夜　　我们
蹦蹦跳跳又呼又喊
醒来　　湿了新旧两件汗衫

死者和生者都以风的形式停下或吹拂

无事可做时
我会来到这里　走一走
清沙河的波涛　平缓　清亮
仿佛打此经过的人　牲畜　时间和云烟
把温润都留在了这里
加重了水的光明

这里　七十年前曾是一片战场
一群人和另一群人在这里厮杀
一腔血和另一腔血在这里喷洒
那是个苦难的年岁
人性何其荒谬
战争让春天走开
子弹有杀人无罪的权利
在上帝也无法主宰死亡时　最后
由道义和肉体决定

更多的时候　我喜欢
来到这里　想一些人和时间的事情
我与清沙河一步之遥　又仿佛相隔千里万里
我们的距离没有哪把尺子可以测量
这多像时间与肉体

历史苍茫远眺的眼睛　布满了人的刀影和泪水

春天了　桃花被流水从内部打开
荒冢上的青草
泄露着窟穴中的秘密
大地芬芳　生者和死者共顶一片天空
都以风的形式
停下或吹拂

贵妃醉酒

我老式手机里有一段京剧
——《贵妃醉酒》
我喜欢在落日的余晖里打开它
洗了脸　换了衣衫
把头发梳理整齐

那贵妃必定也是在夕阳里醉的
声音充满了落日的漫漶
唐朝的夕阳比现在温暖一些
也少了许多斑驳

长安的玉兔升起来
从鼓楼转腾到灞水
我坐在要开未开的桂花树下
身体结满饱满的清秋

致索尔仁尼琴

亚历山大·索尔仁尼琴
在今天　谈论良心
是多么奢侈的事
你走之后　莫斯科广场的雪
更加厚了

"生命最长久的人
并不是活得时间最多的人"
好绝的定律
适用于草
也适用于国度

时代也像消亡的肉体
会无影无迹
一根骨头　就这样
找到了写作的秘意

苏三起解

小时候听过
去年于侯马又听一回
去往苦地的路好长啊
从少年一直延伸到中年

可怜的女子
诉说和歌哭从来是多余的
像爱情是抽刀断水
过往的君子不堪负累
而一封书信是多么重啊

没有比一棵草更完整的命运
南风送来霜雪的消息
我们努力盼望的未来
正是我们归去的尘土

苏三　你托付的书信
我带在身上
从山西带到商州
可南京早已沦陷
像我的姐姐
陷在了 2011 年

红豆杉

我在汉水之头看到它　苍绿　孤单
它的脚下是岩石　山风布施的薄土
它还年轻　又显然老了
像带着沉重泥沙的我们

在寂寞的秦岭
它不是最孤独的物种
和一只青羊相比
它的真实又如此虚幻
在它的身后　历史如一股膻味

起风了　枝头纷纷俯下身去
一群大雁抖落一身尘土
此去南国三千里
脚下的秦岭又高了几尺

汉江

汉江从哪里来　到哪里去
是可以猜度的
但要把它拦下来
只留下奔跑
是难的

汉水流经之地
是人的故乡也是神的故乡
流水如此沉重
落水的人和投水的人
在栈道上相遇
成为仇人或夫妻
梳头的少女
胸中奔跑着银打的庙宇

大江东去啊
它由石头　草木　烟火　雷霆　年景构成
是建筑的一部分
大江东去　多少真相不明
在死亡里埋下
明月和沙金

在秋天的喀什看香妃

赶六千里路　来看你
我是安静的
我看山看水看尘埃的眼睛
几年前已经锈了
我要赶在它盲之前
看看不多的女子

可我能看到的遗迹实在不多
唯见一座荒陵立在喀什城东
陵前　全是深秋草木
三百年的流水已经脏了
这些景象令人悲伤
生前荒凉的人　死后也是荒凉的

历史凄迷　命运何尝不是
乾隆和清朝我不想回望了
你出嫁和回乡的路血迹还在
我爱你身上的香
也爱你骨头里的霜雪
至今　它们还是白的

顶着秋风　我拾级而上

台阶落了秋叶　但仍是干净的
像你的一生　它一直向上
由尘世到达天堂
而我动荡的一生已经不多了
与之相反　是向下的
唯有得到的寂寞是相同的

秋天深得不见尽头
没有哪种事物是永恒的
唯有秋天贯穿我们一生
在墓地尽头　它更加干净而深远
无限地适合我们

悲悯是悲悯者的归途

——兼怀陈超

插草为灵的人
你走了
被一阵风
领回秋天

理想是理想的歧路
悲悯是悲悯的归途
先生　岁月尖冷
生与死　不过是
一片雪的像和镜

如果有一种宗教叫精神
如果有一种信徒叫诗人
你是圆满的
那么庞大的山河　高不过
被它埋葬的人

白发

白发从不开口
白发一说话
声音浩大
像秋风起了

白发隐于暗处
声色不动
像一把刀藏于时间
在你人生得意时
捅你一下

白发如桥　流水如泻
这头到那头
一道暮色
指出你的来路和去处

白发来自高处
是雪的一部分
黄河的一部分
命的大法和盐

杨寨和杨在

我工作的地方叫杨寨
西秦岭南坡一条平常的夹沟
没有杨姓的居户也没有山寨
吸引我们到此的是一道金脉

我们的心思　我们的爱恨情仇
由炸药说出　它同时代我们说出
贫者无家别　久别胜离婚
也说出人有圆缺生死　此事古难全
炸药前面是死
炸药后面是生
我们这工作　类似于荆轲使秦

我的伙计叫杨在
川西坝子上袍哥的后人
能吃肉喝酒　也能耐寂苦
头顶洋槐　白桦的八代落叶
如著作等身

我们每天紧衣束带
矿灯照耀昏暗的前程
对矿脉望闻问切

然后决定下刀的方寸
仿佛华佗为相国问诊
稍有差池或懈怠
遗祸的何止风中白发和牙牙奶瓶

八百米深处的巷井像巨大的迷宫
让人想到虎头要塞和帝皇寝陵
在一条巷道尽头　我曾见到一群盗宝人
被毒气扑倒在地
他们的身体安静得像一堆矿石
他们的妻儿从口袋里的相片上出来
把他们的眼睛合拢

2011 年 9 月　我离开了杨寨和杨在
再也没有回去
据说　东面的山坳里竖起了酒旗
而西坡的亡幡已不堪拥挤
听说杨在一天跑得太快跑到了炸药前面
跑成了一团雾
他娘子从坝子上给我发来几回短信
说房后林子里夜夜有人哭
我没有回复

这些年　商洛山已很少下雪
不知道杨寨和川西坝子

是不是也一样
雪没了　冬天还在

我是你注视过的人

白壁　白帐　白色桌椅
北风冷　屋子静如一粒细尘

多好的孩子
要是有个孩子就好了
我扭头　声音来自一张白色的脸
微小　渺远　像一根游丝
南河上麻雀点燃了芦苇
北墙根　一口棺木花白　崭新

多少年　我一直行走在白里
匆忙　忧患　没有童话
像雪地上的一只灰鼠
追逐粮食　水　低处细小的温暖
生活有时候也会突然一黑
但我并不孤单
我是你注视过的人

追赶大雪的人衣衫单薄

霞　在这个世上
没有谁比你更年轻
今夜　世界老得几不相认

五百里外的水旱码头
一位中年人　货物沉重
他的头发又白了三根
他是你的男人

时光的集装船开向哪里
对于这个人间　梦多么不宜
苦　从来不是苦难的一部分

追赶大雪的人衣衫单薄
秋天深了
屋顶接受霜尘
庄稼　回到祖国

旗袍

五十年前　你穿过它
那时　你风华正茂它正崭新
丝麻绽开的牡丹多美
从胸口　和盘托出一颗心的丰润和艳红

它曾经和一群蝴蝶在一起
把一条小路走得花香遍地
也抵挡过风雨　饥馑　举家离散的悲苦
拔出过亲人眼里细小的钉子

丰美的青春　梦想
万紫千红的风情
都随暮色散了
生命不过是一场秋霜
让尘埃又厚一层

此刻　屋子空空
一件旗袍
在一个箱角
独自甩袖　念白
大雁不疾不徐地飞过
门前的黄瓜花噗地　开成了黄铜

麦收

在平原　镰刀早已被机器替代
而在山地　它们依然是季节的主角
这是没有办法的事情
就像烟锅　不能退出民间的生活

父亲先于太阳到了
为了利落　他一身短打
唯有白发白得恣意
输掉一个甲子的人　再次
拾起暮色的英勇

仿佛　大石堨欠下的
五斗麦子　三升汗粒
两条背兜　一架木犁
今天　都要一一讨还

劳动的人　比麦秸更脆
混着白面香的风一吹
他们都倒下了
镰刀和麦捆　领着他们回去

山杏黄熟

燥热的六月　万物懈怠
是山杏最闹的季节
它比一片麦子还要金黄
比多嘴的山雀还要闹腾
熟得欲滴　孩子的叫声一碰
就落了下来

人间苦涩而美好
人间是一坡山杏
短暂的绽放说出成熟的喜悦
余下是漫长　巨大的孕育

山杏有山杏的苦心
它说出该说出的
隐去该隐去的
岁月的风调雨顺　有杏黄的提醒

夕阳西下　山杏点点
季节高挑灯笼
照见羊群　风　年景
至简的路途

云一直是白的

多少年前　云在这里是白的
现在　它还是那样白
云白在蓝天里　白在西岭的草尖上
云白在人心里的时候
日子也白得通透了

清白的溪水　有一枝桃花领着
穿过人烟和五俗
从来没有迷过路
有时候　它们会成长为洪水
在人们的身体里激荡　冲撞
推开挡道的石头

二三只白鹤来自岭南
它们从家乡　带来无边的荔香和大海
白云在上　白鹤在下
它们之间有隔膜　也有交谈和往来
像两家五百年前的亲戚

南山上桃花开

南山上白云开桃花也开
这两个生死冤家
要斗个你死我活

桃花蜿蜒　　跟随一朵桃花
可以去岭南　　抵关山　　通往东洋大海
桃花曲折　　还是快过一江春水

山上的羊群　　比石头更慢
它们是哪家的远房亲戚
它们咬住青山
仿佛人烟咬住日月的温暖

人和草木有共同的故乡
南山上桃花明灭
把人间清贫的路途照亮

黄河

黄河之水天上来
来了　再也不能走开
一部分被五谷蔬果收留
一部分进了传说和史卷
一部分在我们的乡愁和白发中停下
只有很少一部分　回到大海

崤山是另一条支流
野草和清风哗哗流淌
清静的人烟在这里生活
耕种　渔猎　不舍昼夜

新绿漫漶　掩映平常人家
黄沙迤逦　述说细细的苍凉
坡堤下　古岸边
时间的散石　又圆又奇

岸千里　河千里
它托起过平静和壮烈
今天　它托起紫槐花十万芳香

谒武侯祠

先生　到堂前之日
我已四十有四
如果没有记错　在这个年岁
你已南渡泸水　七擒敌人于帐下
而我至今两手空空　唯有
半尺落叶　抵押铜钱

老柏两行　叶甲裹身
它们是关　是张　是赵　是黄
是马谡　杨仪　利刃喂义的张仁
你是秋前走的
蜀是秋后离开的
它们是大雪时节赶来的

四月潦草　怀胎的麦子打下宛城
江山慌乱　人们纷纷弃身
投奔仲谋和阿瞒

先生　我欲行身内讨贼事
《出师表》水火两份
递于何人

那晚　我们沿丹江行走

那晚　我们沿丹江行走
闲话草木　鱼虫　先贤以及时俊
丹江就在我们脚边流淌
这近得不能再近的流水
我们竟生疏得无话可说

两位中年人　两个追赶大风的孩子
对于这洗白我们乌发的大河
我们是多么粗心啊
而江边提水的人　木质的水车　临水自顾的桃花
这些久远年代的细小事物
认识我们

那晚　我们沿丹江行走
月华如雪　把人间漂得更白
我们累了　在石阶上坐下来
看江水静静流淌
流进麦子　白菜　瓜果
流进铁器　绢匹　远到天边的忧愁
我们像卵石一样安静

花儿开满山坡

阳光真好
你们开满山坡
五颜六色　高高低低
黄土更加黄了

花季还早
你们提前开了
欢天喜地
身世清晰

定西　我路过
像一个错字
路过古老的汉语

四皓墓前

四皓墓在哪里并不重要
重要的是四皓一直都在

一个早春的黄昏　我来到墓前
一个平常的土堆　比于所倚的商山
低小到微不足道
这是对的　这就是四皓
它用微小　和高大分开

夕阳无限
一坡草木静默　无言
高声又有何妨
地下的人　早已回到石头

起风了
白茫茫的山海棠盛开
一年　一年
它们以静致意安静
以白致意更白

夜过白云居士居

这里　没有霾
没有车声和市嚣
这些盛世之物
远在山门之外

一道月光洒下来
先生云游不在
一轮明月照空空山房
把清寒的信仰照得更白

木槿　秋菊　芙蓉……
这群打扫山门的童子
把一个新晨
拭得瓦蓝　早早
铺在山涧

山萸花归来

山萸花归来的时候　我在炉边向火
清早的山地寒气沉重
一场去年的雪白得耀眼
仿佛是为山萸备下的台阶

风不大　刚够吹醒古旧的山水
山坡上　一些人凿开冻土
仿佛一群蚂蚁　翻找遗失的草籽
田亩不声不言　白桦高处悬挂麻雀去年的细语

我无法说出这心急的花朵
和它不怕死的爱情
不像人类　草木有草木的肝胆
真爱苦短　一瞬高过一生
我只有在阳光映照的一面笑你
在另一面泪水盈盈

一根羊鞭

羊群是经年不败的山桃花

一根羊鞭　充当了

行云布雨的风声

干脆　明亮的风啊

从坡顶到平地　反复吹送

像日月缓慢地叙述

青山易改

鼠雀折谷为食

羊群散乱　疾患和祸心风吹草动

一声鞭哨　来自云天高处

反正民间拨乱的秩序

这些年　我在喧嚣的人世

悄无声息　固守最后的色性

是一根羊鞭　教会我内心的静谧

犁

世上本无犁
嘴巴多了才有了犁

人间的陡坡地上
一架木犁耕来耘去
就像季节的风　时徐时疾
木犁后头　人畜和烟火
高了　低了
聚了　散了

这样说吧
日子是一架犁
一头是拉犁的牛
一头是扶犁的人
这多像船的左桨和右桨
少了哪头　日月都要
倾覆

犁的声音是高亢的
犁的路是有深无浅的
粗通史书的父亲说
陈胜和吴广
都有一副犁脾气

一把镰刀

一把镰刀挂在墙上
这是父亲用旧的家什
它破损　蒙垢　清冷
依然锋利
像它的主人　老朽　昏聩　卧病
依然壮心不已

我常常和它对视
它的霸气犹在
只是隐忍无声
刃口上的锈气　这层层对手的血
一天比一天黑
一个家族的生活史　血腥深重

作为父亲的右手
它热烈　好动　精准
多少次和日子打成平手
很多回　我试图把它取下来
但都不能
它划开过庄稼和野草的界限
阴和晴的界限
生和死的界限

我知道　如今
它已再次把父和子的界限划开

热爱

母亲真的老了
早晨起来　她借助一根树枝
踱到对面坡上

她扶住一棵树停下
仿佛把一生也停了下来
她止不住泪水
树下　有她清凌凌的花季
被一年一年的落叶厚厚覆盖

心爱的少年　树下一走
再也没有回来
接下来是一桩桩心爱的人事
那是照亮人一生的人事啊

风一阵阵地吹
把她的白发吹得更白了
而她的热爱
还那样年轻

大雪苍茫

大雪比时令来得紧急
风还有几分暖意　叶子还在枝头
像一道拷问
低头之际　雪就落白了南山

大雪苍茫　比大雪更苍茫的
是人间泥土
冬麦还嫩　但已贮备了力量
它把生死分开　让身后的来日鲜明
窗花照亮庭院　人间的向往
总是色彩美艳

尘世之上　大雪温暖
它的前身是谁
是命锁天花的女儿
是赶羊一去再没回来的儿男
在北风把人间逼到墙角的季节
回来　看望我们

麻雀比雪花飞得高　安静的枣树上
落满厚厚的一层
雪让它们安静　明事

成为一群孩子最初的课程

大雪苍茫　苍茫得像五百里芍药
加上三十支山调　够不够医治
低处的愁苦

在历史课本上再次读到甲午风云

今天早晨　在儿子的初中二年级
历史课本上
再次读到甲午风云
它与一个人四十年的风雨际会
何其相通

1895 年 4 月　大地异常寒冷
一场大雪落在土地
也落在人心
这是一场早已注定的雪
只是比预期提前了一些时辰
它是黑色的　血腥的
至今　有钢铁的森冷

吴玉章是谁　用什么能盛得下
他和二哥的痛哭失声
战火是血肉的墓地
也是新魂出阁的嫁衣

很多年了　我在另一场风云下喘息
像一个失败的政权
和生活签订了一份又一份《马关条约》

只有梦　成长为更大的风暴
趁着月色　夜夜铺向
商州城外古色的河山

听一位女子唱京剧《霸王别姬》

毫无疑问　此刻
她心碎了　身如落羽
锣鼓和筝弦　已泪流满面
故国在哪里　英雄在哪里
刻骨的爱情不过是一树桃花
任由风雨无情折枝

她饱满的唱腔多么完美
像掌中的宝剑　锋利　明亮
这两件利器直抵人心
令人害怕　着迷
你一次次想夺下　又不敢妄动

一定是　在此之前
已有什么伤害了她
也许　是她身体里的一群天鹅病了
人间风雨疾　命如秋叶轻
这美丽的女人　她巨大的伤痛
因为一条江水的呜咽　而更加庞大　沉重

她还是她　她已不是她
她是我们每一个人

我们的疼　我们的情恨和垓下
从她的身段　指尖　眼神
流淌出来
你想用手堵住　却早已力不从心

弹棉花的人

弹棉花的人是我的祖父
弹棉花的人是我的父亲
弹棉花的人是我
弹棉花的人是我的子孙

木性的棉花
要用雨水和土块喂养
用一些惊雷提醒
最后　是一柄纺锤起了点石成金的作用

人间风雨骤
从一个节气到另一个节气
生活越陷越低
一堆日子要弹多少遍才能雪白干净
一件粗布要用几根弦才会温暖合体
弹棉花的人心中有数

弹棉花的人
像一群数点文字的书生
天高云淡　弓缆弦断弦续
数自己也数别人
数悲愁也数幸福

数流水也数高山
就这样　数着数着就是一生

清云寺

清云寺老了
老得
只余下钟声

早年的风光　隐在
起起伏伏的青蒿间
人间自古有大道
得道者　是那些身无余物的山人
他们多像啊　吹向万物的清风

更广大的尘埃　遍布于山顶
雾霭里　草木葱茏
它们是时光的好儿女
纹理里　有北魏的青铜

山门前的洛水流了千年　又仿佛
千年未动
这多像清静的世风
几千年　一直那么辽远　真实

大地空阔　黄昏的洛北有大器的端庄
时光啊　多像奔跑的青牛

高高的犄角

挑破又一轮夕阳

秋风辞

秋风到底不同于春风
秋风一刮　人间就安静了
山岭逶迤　土地有大国的气象

庄稼回到粮食
粮食归于仓廪
草一阵高　一阵低
穷人的闺女　穿上了新装

一些人悄悄来了
一些人悄悄走了
云朵下的生活秋天开花
山雀和坡上的野果叙说爱情

在南阳　一条河走走停停
它也秋天了　有盈盈涸涸的沉浮
宛西的秋阳不暖不冷
正好照见它深处的苍茫

风吹大地
吹武侯祠　议事台　水帘池　绿林和赤眉
这些时间和地理
有草药的香气

内乡手记

2013 年　农历正月十五
我从商州到内乡
先坐火车　后坐汽车　后换乘摩托车
而心事选择了淋淋水路
晚于身体十五小时抵达

我是采矿工
一个约等于拨云见日的工种
从江南　到疆北
从西藏　到内蒙古
我拨开大地的腹腔
取出过金　银　锡　铁　镍　铜
我把它们从几千米的地下捕捞到地上
把这些不属于我的财宝
交给老板　再由老板借花献佛
交给祖国和人民
一些副产我留下了
——一点尘肺半身风湿疼

我工作的矿硐在一座山岗
这是一张嘴巴　空洞而阴冷
它吐出的潮湿的词唯我能懂：

站着进来　站着出去　是你的幸运
站着进来　躺着出去　是我的本分

矿石本是一些绝世的词
它们组合起来就是大诗
我用大机器把它们捕捉　分流　整合
采矿　实在应划归文学
甚至伟大的诗歌

牛二记

牛二是我的副手　三十六岁　山东人
而鬓角已经过了五旬　杂草丛生
他说　这杂草　源于半生的革命

再低微的骨头里也有江河
革命　是与生俱来的本能
目的不一　方式也各不相同
牛二选择了向内的暴力
以汗为先锋　以血为后盾
要杀开命运的另一条华容道

牛二十五岁进煤窑
从山东到山西　从四川到广东
他要抓住黑暗里一盏照路的马灯
他一路穷追　血肉纵横
最终　以两根手指一条肋骨的代价
换得母亲八年的残喘
弟弟十年的举人梦

牛二的另一面生活
一直是一个谜
黑暗的身体里是否亮起过另一盏灯

或许　那道门从未开启
或许　根本就没有门

二十一年过去　不是一挥间
仿佛陈胜吴广抗秦
李自成请命
以高亢开始　以灰丧结束
如今　我看见牛二已经疲惫不堪
像战国末年

宛西

1945 年　宛西浩荡
八百里平野硝烟漫天
一支队伍　向东溃败
一支队伍　南边杀来
还有一支人马
偃息了旗鼓　缓慢而杂乱
行进在黑暗的黄土深处

从一页发黄的纸上
我看见烽火中的宛西
子弹横飞　饿殍遍野
战乱赋予罪恶杀人如戏的权力
人性的欲堪比刀剑
受伤的何止千里炊烟

站在宛西平原的一隅
土地平静　古朴　宽容　简洁
有叫人低小下去的苍茫
无边的庄稼　抚平了时间的疮痍
风吹云开　芨芨草遍生青山
劳动和豫剧
把一头伏牛牵起

而那些富裕起来的人
驾驭宝马和奔驰
日夜兼程
却不知道奔赴哪里

早晨的人

早晨的人
比早晨起得还早
人还在梦中
只有身子醒了

铁锹和锄
领着他们往前走
前面是一块地或一面山坡
他们很快就到了
他们一辈子也没有到

劳动像一阵风
真实得虚无
土高了矮了
庄稼青了黄了
影子长了短了
名姓像两件无用的家什
摆设在他们一生里

早晨的人　一晃
就消失了
太阳出来
照着另一群人

麦子熟了

八百里伏牛　麦子熟了
八百里牛哞　就要亮了

天　一晌比一晌高
瓦蓝瓦蓝的帽子戴上头顶
加重了宛西的重量
让四方来的人　对它倍加熟识
又更加一无所知

人世粗布
经纬着小麦和麻桑
纹理疏密　暗藏汗水和眼神
岁月无声　唯有麦谷说出人间亏盈

劳动的人　把姓氏放在家里
隐身麦子　成为它们的一部分

人这一辈子

人这一辈子
像风一样飘忽
从哪里来
到哪里去
人自己都不清楚

人说来就来了
说走就走了
容纳你的
只有一片巴掌大的村庄
记得你的
是几棵老树几头牲口

人是人间的另一种庄稼
一辈子陷在土地和荒草里
开几朵花　结几穗籽
得看天意和运气
人是给人间送温暖的
有时候
人自己都是凉的

走的时候

有人留下一堆黄土和名字
有人什么也没留下

萧红

天才和美永生
一如呼兰河的流水
日夜流淌

时光像一道闪电
昨天已经走远
萧红　短命的萧红
你为我们留住北中国那片
荒凉的天空

我们一生下来就双眼失明
在巨大的黑暗中左冲右突
用残喘把命运拉得又细又长
紧抱石头　抛弃黄金
我们不懂得
短暂正是久长
光明源于内心

时间是苍茫远眺的眼睛
布满了茫然和疼痛

另一个村庄

我们居住的村庄后面
还有另一个村庄
两村的距离
正好是一个人的命长

我们走东走西
走南走北
梦想上天入地
有人真的走出了村庄
最后　还是回到了那个地方

有一年
一头牛被我们
遗忘在远处的荒野
也许是厌倦了车犁和时光
再也没有回到村庄
一年一年
荒草围着它耕过的土地疯长
一坡的庄稼喊不回它
一坡的庄稼看着它拉着一模一样的车犁和命
在另一个村庄一模一样地奔忙

听回来的王五说
那个村庄很老
人和牲口撕扯在路上
风把日子打开又关上
和所有的村庄一样
低矮又荒凉

意思

我们三个：老陈　老李　小宋
分别来自陕西　四川　山东
我们都是爆破工
走到一起不是意气相投
也并非什么缘分
我们每天
打眼　装药　爆破　吃饭　睡觉
感觉活得没一点意思
每三天一顿的红烧肉和每天一次的爆破声
就成了我们生活最大的意思
有一回
我们喝高了
小宋唱起了山东大鼓
粗喉亢壮　鼓声铿锵
在古老的戏曲里
做了一回武松
老李突然哭了
他说对不起小芹
说着说着他又笑了
他笑着说
人一辈子有了一回爱情
就不穷了

我最后吼起了秦腔《铡美案》

一生气

我把陈世美的小老婆也铡了

事后　我们都说

这酒　喝出了大半辈子没有的意思

前年

小宋查出了矽肺病

走的那天

他老婆用他最后一个月工资

请来了镇上最好的班子

让英雄武二哥美美送了一程

去年

老李让顶石拿走了一条腿

成都的麻将摊上

从此多了一只

独立的鹤

如今　我还在矿山

打眼　装药　爆破　吃饭　睡觉

新来的两个助手是两名童工

他们的时尚词和掌上游戏

没一点意思

每天的红烧肉和炮声

也早已没了意思

我不知道　这后半辈子

还能不能找到点

活着的意思
东风吹起来了
意思一茬茬吹来了
意思一茬茬吹走了
吹着　吹着
都吹成了烟尘

儿子

儿子
我们已经很久不见了
我昨夜抱你的梦
和露水一起
还挂在床头

你在离家二十里的中学
我在两千里外的荒山
你的母亲
一位十八而立的女人
被一些庄稼五花大绑在
风雨的田头

我们一家三口
多像三条桌腿
支撑起一张叫家的桌子
儿子　这也是我们万里河山目下
大体的结构

生活不是童话和动漫
儿子
我们被三条真实的鞭子赶着

爸爸累了
一步只走三寸
三寸就是一年
儿子　用你精确无误的数学算算
爸爸还能够走多远

你说母亲是你的牡丹
为了春天
这枝牡丹已经提早开了经年
如今叶落香黯
谁能挡住步步四拢的秋天
儿子
其实你的母亲就是一株玉米
生以苞米又还以苞米
带走的仅仅是一根
空空的秸秆

儿子
你清澈的眼波
看穿文字和数字
看穿金刚变形的伎俩
但还看不清那些人间的实景
我想让你绕过书本看看人间
又怕你真的看清

炸裂志

早晨起来　头像炸裂一样疼
这是大机器的额外馈赠
不是钢铁的错
是神经老了　脆弱不堪

我不大敢看自己的生活
它坚硬　玄黑
有风镐的锐角
石头碰一碰　就会流血

我在五千米深处打发中年
我把岩层一次次炸裂
借此　把一生重新组合

我微小的亲人　远在商山脚下
他们有病　身体落满灰尘
我的中年裁下多少
他们的晚年就能延长多少

我身体里有炸药三吨
他们是引信部分
就在昨夜
我岩石一样　炸裂一地

后记

这是一部漂泊的诗。

青年到中年，身体到魂魄，关山塞外，漠野长风。走着写着，断断续续，写了二十三年。

扑面的大雪，落满世界，也落满命运孤途。它们经年不化，而今回望，竟厚如冰川。荒村沽酒慰愁烦，今人的愁烦比古人多了更多内容，生计的困顿，心灵的囚扼、孤独、茫然，生与死交缠，无边无际。

收入到这里的文字，大多成就于这双重的路途。它们亦如雪花，渺小、茫茫、洁白。

渺小、茫茫、洁白，乃生命真色，如头上华发。